푸른 별의 조연들

푸른 별의 조연들

정재분 산문집

달아실

작가의 말

자유로이, 쓰고 싶은 글을 써달라는 청탁을 받았다. 그러니까, 무슨 결연한 의지가 있어서가 아니라 요청에 호응하다 보니 얻게 된 결과물이다. 문예지에 발표한 글을 추려서 묶고 들여다보니 공통점이 있었다. 어떤 현상과 보통은 잊고 지내는 주변부의 존재를 망라한 실존에 관한 관심이 문장을 견인하고 있었다. thing에 속하는 본질에 다가가려는 시도는 다른 종(種)과도 연계된다. 그것은 장미와 여우가 나누는 인사말이요 '있음'에 대한 고고학이다. 현상과 실존에 말을 거는 언어 바깥이며, 언어보다 먼저인 무엇이다.

의미가 축조한 관념의 세계는 인간을 틀 잡는다. 틀에서 성장한 자의식이 제 모태인 의미를 낯설어한다. 그것에의 순응은 무엇이며 의아심은 무엇인가? 골똘해진 자의식이 외출을 서두른다. 언어와 문자에 포섭당하지 않는 바깥은 아이러니하게도 언어와 문자, 그리고 수사법을 수단으로 삼는다. "푸른 하늘 은하수 하얀 쪽배"가 되어주는 그것은 아침이슬 같은 직관에서 실을 잣는다. 옷감을 짜고 날개 없이도 창공을 난다. 그것은 보이지 않는 세계를 그리고 싶어 하는 일종의 크레파스다.

비약을 가능하게 하는 그것은 수사학과 상징, 전설과 신화 그리고 불립문자이다. 더하여 기호와 그림자로 드러나는 어법은 너머의 세계를 홀로그램으로 얼비친다. 물질의 현현인 things의 본질은 벌거벗은 임금님으로 이념과 이해의 눈으로 수렴된다. 들음으로써 받아적을 수 있었던 문장은 혼잣말을 사랑했다. 어릴 적 처마 밑에서 빛과 그림자가 대련하는 앞마당을 한동안 바라보았다. 어린 동공에 맺혀 오래도록 사라지지 않는 피사체가 문장이 되었을 것이다. 공기의 방식을 선호하는, '있음'의 세계를 항해하는 하얀 쪽배는 아직 멈추지 않았다.

2022년 7월

정재분

차례

1부

침묵으로 말하는

낮과 밤

불은 매혹이다. 어둠을 배경으로 한 불꽃은 특히 그러하다.

반딧불이의 초록 불빛이 어둠을 헤엄치며 날아다니는 한여름 밤하늘이 동화의 세계로 안내한다. 어둠은 빛을 매달고 날아다니는 그것의 실체를 보여주지 않는다. 오직 초록 불빛만을 보여줌으로써 한낱 벌레라는 사실은 망각해도 좋다. 밤은 '벌레'로 규정하는 대낮의 관념에서 벗어나도록 한다. 오롯이 발광에 초점을 맞추고, 불빛으로 사랑받는 이를테면 본연으로 돌아가는 시간이다. 따라서 밤에는 꿈의 날갯짓 '반딧불이'로 호명되지 '개똥벌레'로 불리지 않는다.

개똥벌레로 명명되는 손톱만 한 이 생명체는 성충이 되면 물만 먹으며 일주일 살다 죽는, 도무지 속된 구석이라곤 없다는 사실이 늘 간과된다. 그러함에도 백주대낮은 이 우아한 생명체에게 여섯 개의 다리가 있음을 여실하게 드러냄으로써 한낱 벌레에 지나지 않음을 명명백백하게 만든다. 개똥벌레가 대낮에 숨어 지내는 것은 지극히 당연하다. 낮을 기피 하는 이 생명체의 존재 양식은 매우 시적이다. 자기 존재를 인식하는 혹은 갱신하려는 인간의 의지와 욕망이 꽃이 되는 지점과 겹쳐진다. 딱정벌레목으로의 분류와 개똥이라는 이름은 본성이나 생태와는 다르게 부여받은 것이다. 인간으로부터 대상화된 반딧불이는 사람의 삶이 투영된 것의 다름이 아니다.

다만 본능에 따라 사는 매혹과 달리 본능만으로 살 수 없는 실존의 압력 아래 처한 인간에게도 밤은 위안이다. 타인의 요구에 부응해야 하는 공적 세계에서 풀려나는 것이다. 공적인 공간에서는 서거나 앉아 있을 것을 요구받지만, 밤은 기대든 눕는, 어떤 자세든 개의치 않는다. 가장 편한 자세는 눕는 것이다. 누울 때 뇌와 감정이 원활해진다. 이를테면 떠오르지 않는 글이 슬금슬금 탄력을 받는 식이다. 뒤엉킨 생각들이 갈피를 잡고 스스로 방향을 정하는 것이다. 아마도 내면의 물꼬가 터지는 것은 결박의 한 양상인 옷을 벗기 때문일 것이다. 유니폼과 같은 사회적 요구를 벗고 본연을 만나기에 가장 적합한 밤에 비로소 존재는 조건을 망각해도 좋다. 여섯 개의 다리로 은유된 생의 비애를 잊어도 좋다.

조명은 어둠이라는 조건을 적절한 밝기로 변환시키는 이상의 구현이다. 커튼 사이로 새어 나오는 불빛은 다정하기 그지없다. 그 집에 사는 사람들의 실존 상황이 어떠하든 창밖에서 불빛을 바라보는 자는 행복이라는 관념을 떠올린다. 불빛의 은유는 클로즈업이다. 마주한 사람을 줌인(zoom in)하는 불빛 아래서의 얼굴은 포도주에 취한 듯 볼이 붉게 타오른다. 어둠을 배경으로 한 일정 공간은 의외로 진행형이다. 마주 앉은 얼굴이 우주의 중심이 되고 두려움은 사라진다. 불빛 아래서 나누는 대화는 내용에 상관없이 말풍선으로 둘러쳐지고 특별해진다. 말풍선은 대화를 누락시키지 않는다. 모든 대화를 누락시키는 일 없이 오롯이 담아내는 것이다. 강 건너에서 반짝이는 불빛은 이루지 못한 사랑 하나쯤 떠오르게 만들고 턴테이블 위의 음이 튀는 레코드처럼 밑도 끝도 없는 한 소절 노래를 따라 부르게 만든다. 누워도 좋은 밤 이윽고 시인은 자발적으로 책상에 앉는다. 일상에서 밀려났던 소외된 자신의 소리에 귀를 기울인다.

여름이 열어지면 사라질 반디 불빛 같은, 누락된 감성의 복원과 그 집적물이 시라고 하자. 여윈 것에서부터 무한히 펼쳐진 밤하늘의 무수한 별들의 내력에 이르기까지 어둠이 자주 침윤하는 이 세계에서 돋우는 불빛에 이끌리는 이유다.

시간

막 벙근 겹겹의 꽃잎에 이슬이 맺혔다. 한 줄기 바람이 지나가면 이내 물기는 마를 것이고 이제 막 피기 시작한 아름다운 꽃도 수일 후면 사라질 것이다. 시간이 무엇이어서 생과 사를 다스리는 것일까.

시간은 인간의 감정과 염원, 절체절명의 순간에도 비정하게 흐른다. 저 장미의, 순백의 아름다움에도 여지없이 폭력적이다. 시간의 비위를 맞추다 보면 발을 동동거리며 피가 곤두박질하는 순간과 곧잘 맞닥뜨린다. 시계는 단조로운 기계부품으로 돌아가고 일월성신의 운행을 수치화한 달력으로 현시되는 추상은 멸성인 존재의 생멸 지점을 표식한다. 해와 달과 별들의 엄호를 받는 시간은 시작과 끝에 대하여 함구한다. 시간에서 일월성신이 출생했는지 일월성신에서 시간이 비롯되었는지 구체적인 답변을 기대할 수 없다. 질의자는 저만의 방식으로 추론하고 저만의 결론을 도출할 따름이다. 답을 구하는 과정에서 질의자의 됨과 아니 됨을 드러내는 시간은 삶의 총체를 답안지로 제출할 것을 요구하는가.

절대적 질서인 시간 앞에서 인간에게 선택의 여지란 없다. 푸른 별의 생명체들이 중력을 벗어나서 살 수 없듯이 시간의 굴레를 벗어날 방도는 없다. 구부릴 수도 늘릴 수도 없는 절대 시간 앞에서 어떤 개인의 눈물겨운 사정도 시간의 마음을 바꿀 수는 없다. 아무려나 시간은 충직도 하여서 그것의 지침을 따르는 길밖에 다른 선택이 없다. 사실 시간만이 해결하는 것이 적지 않으니 어쩔 것인가. 그럴지라도 시간은 늘 모자라고 아쉬워서 비정하다 아니 말할 수 없다. 지나간 세대의 크고 작은 경험도 다음 세대의 결정적 파행을 피해 가도록 돕지 않는다. 일어날 일은 기어이 일어나고 그래서 역사책은 두꺼워진다. 그것이 시간의 공의라는 듯이, 경험을 문장으로만이 아니라 피와 살에 기록하였을지라도 시간의 공의는 개인의 사정을 고려하여 보폭을 다듬지 않는다. 피와 살은 그만의 절실함이 있어 시간의 교시에 충실하기 어려운 독자성에 처해 있다. 개인의 체험뿐만이 아니라 인류의 유산으로 내려오는 교훈이며 경험일지라도 끓는 피에 내몰린 행위자에게는 삭제된 문장에 불과하고 기어이 사단이 나고야 만다.

도통 호의적이지 않은 시간을 살아내는 일은 한쪽 다리가 다른 누군가의 다리에 묶인 채 걷는 것과 유사하다. 시간의 톱니에 맞물려 돌아가야 하는 것이 주어진 생의 조건인 것이다. 전횡을 행사하는 시간 속에서도 꽃은 기꺼이 피고 새는 노래할 것이다. 찰나를 살다가 사라지는 것들은 때로는 기억 속에서 되살아난다. 비정한 시간에 의해 죽임당한 순간이 시로 태어나기도 한다. 절절한 문장으로 살아남은 시간이 책이라는 이름으로 다시 사는 것이다. 시간의 틀 안에서 우리가 할 수 있는 것은 생을 애착하는 것이다. 그것이 생에 대한 예의일 것이다. 되돌아보니 시간에 묶여 있는 한쪽 다리가 부어올랐고 자유로운 한쪽 다리가 시간과 싸우느라 헛발질을 해댔다. 기실 시간에 끌려다닌 생채기가 수두룩하다. 시간 앞에 털썩 무릎을 꿇는다.

문양

범 우주적 패턴이 흥미로워 주제로 삼았다가 그 심오함에 놀라 언어의 옷깃을 고칩니다. 문양은 태고의 정신 활동과 의식의 소산물로 근원적인 섭리가 깃들어 있습니다. 상형문자는 가히 문양의 모태라고 할 수 있습니다. 기호화된 문양은 의미를 생산해내는 어떤 기원과 유래의 발원지입니다. 하나의 상징으로 자리매김 된 문양은 단순히 한 예술가의 창의성이나 정서를 반영하는 감상에 머무르지 않습니다.

문양이 표방하는 의미망이 늘 명료한 것은 아닙니다. 모호한가 하면 빛에 과다하게 노출된 사진처럼 음영이 지워진 피사체는 욕망을 누락시킨 혼돈이 혼돈을 이끌고 어둠이 어둠을 밝히며 켜켜이 쌓인 시간이 암묵적입니다. 알 수 없는 존재의 욕망을 표방하는 문양에서 문명의 발현만이 아니라 외부 세계의 개입이 감지되는 것은 무엇입니까. 유에프오의 부언낭설과 유사할지 모르나 인류의 삶과 기원이 생산한 의미의 맥락을 짚어내는 문양은 어쩌면 보이지 않은 존재의 현전이 아닌가요.

자연에서 발견되는 문양의 특징 중 하나는 자기 유사성입니다. 수치화가 가능하다는 점도 유념할 대목입니다. 수학을 통해 자연에서 질서를 발견하는 일은 어렵지 않습니다. 피보나치수열로 대입되는 자연계가 그러하며 자기복제를 하는 프랙탈 규칙성도 그러합니다. 눈의 결정체와 같은 미시의 세계에서도 질서정연한 원칙의 통제를 발견할 수 있습니다. 섬세하고도 아름다운 결정체인 눈꽃은 질서 내에서 다양한 문양을 만들어냅니다. 질서는 다양성을 저해하는 요소가 아니라는 듯 갖가지 형태로 나타나는 눈꽃은 감동적입니다. 그것의 아름다움은 육안으로 확인할 수 없습니다. 현미경으로 볼 수 있을 따름입니다. 나무이파리도 눈의 결정체처럼 자기복제라는 프랙탈 원리를 반영합니다. 식탁에 자주 오르는 브로콜리가 좋은 예입니다. 원가지에서 더 작은 가지가 나오고 그 가지에서 더 작은 가지가 나오는 식의 자기 유사성은 나뭇잎에서만이 아닙니다. 산맥의 형태, 리아스식 해안, 번개에서도 자기 유사성을 발견할 수 있으며 인간도 예외가 아닐 것입니다.

자연 문양의 특징 중 다른 하나는 나선형입니다. 앵무조개를 비롯한 다양한 조개류의 무늬에서 황금비율을 발견합니다. 해바라기 씨와 꽃잎의 개수가 피보나치수열로 수렴되는 황금비율의 나선형은 아름다움과 효율성을 극대화시킵니다. 이러한 나선형은 우주에서도 관찰됩니다. 허블 우주망원경에 잡힌 거대한 은하의 무리는 결코 독자적인 형태로 단절되어 있지 않아 보입니다. 몇만 광년이나 떨어진 지구에서 관찰한 은하의 나선 형태가 마치 합창하는 듯이 보입니다. 갤럭시(은하)와 코스모스(우주)가 등식의 관계임을 반영하는 것처럼 말이지요. 태풍은 어떠한가요. 한여름 뜨거워진 바다에서 태어나서 수만 리에 거쳐 비바람을 일으키며 공포를 자아내는 허리케인도 그렇거니와 분노의 입김처럼 휘몰아치는 토네이도까지 대자연의 현상들이 나선의 방식을 취합니다. 흐트러지는 속성을 지닌 태풍과 회오리의 유동성에도 불구하고 나선의 큰 틀을 저버리지 않는 충실성이 코스모스의 세계를 현시하는 듯합니다. 어떤 통제에 순응하는 것처럼 말이지요.

고둥은 우주의 비밀을 알고 있을 것 같습니다. 나선의 껍질에 감긴 아이 손톱만 한 알맹이를 꺼내려면 만만찮은 노력이 요구됩니다. 그렇게 꺼낸 작은 먹거리의 절반 가까이가 똥이지만 떼어내지 않습니다. 포 떼고 차 떼면 남는 것이 없기도 하려니와 똥이지만 먹을 만하거든요. 찝찔하고 씁쓸한 맛에 그토록 집착하게 만드는 것은 뒷맛 때문인데요, 묘한 감칠맛이 수고를 마다할 수 없도록 만듭니다. 누군가가 인생이 무어냐고 묻는다면 갯고둥 맛이라고 말해야겠어요. 눈물이 입술로 흘러들 때의 맛이기도 한 고둥은 지상의 음부인 갯벌에서 밤하늘 별들의 행렬을 베꼈을까요.

또 하나의 자연인 인간의 몸에도 나선형 패턴이 나타납니다. 인간의 형질이 기록된 디엔에이(DNA)가 이중 구조의 나선 모양이라는 건 누구나 아는 바입니다. 디엔에이뿐 아니라 피의 흐름에서도 나선의 방식이 관찰됩니다. 우산 손잡이처럼 구부러진 대동맥을 흐를 때의 피는 강물처럼 흐르지 않는다고 합니다. 두 줄기가 나선형을 이루며 소용돌이치듯 흐르기 때문에 혈관 벽을 좀 더 고르게 훑고 지나게 되어 굽이진 안쪽에 이물질이 쌓이는 것을 방지하는 것이지요. 피의 흐름의 변환까지 세세히 기록된 유전 정보는 저자 미상의 책인가 봅니다. 그러나 우리가 이해할 수 있는 방식으로 기록되어 있다는 점을 주목하게 됩니다.

인간의 몸이 우주에서 나타나는 패턴과 유사한 방식을 취하고 있다는 관계이론의 예를 살펴보면 눈동자가 빅뱅 하는 우주의 모양과 유사하다거나 달의 공전과 각도에 여자의 몸이 반응하는 주기성을 언급하기도 합니다. 디엔에이의 얼개가 태초에 생성된 우주의 모양과 비슷하다는 주장도 그렇거니와 지구가 23.5°도로 기울어져 계절을 만들고 지구의 자전과 공전, 지구를 도는 달의 자전과 공전이 만들어내는 날과 달과 해와 절기는 인간을 염두에 두었다는 결론에 이르게 됩니다. 이는 인간이 우주의 미아가 아니라는 개연성을 시사합니다. 생명이 무작위로 생겨났다고 보기에는 인간에게서 발견되는 우주 원리들이 명백합니다. 문양의 세계가 볼륨을 높입니다. 물질로의 인간이 면밀하게 설계된 지성의 산물이라고 소리 없이 아우성을 치는 듯합니다. 우주와 인간은 결코 우연의 사생아가 아니라고 말이지요.

하트

백두대간 어디쯤이었을까. 마둔령을 지나 공룡능선을 향하고 있을 어디쯤이었을 것이다. 자석에 이끌린 쇠붙이처럼 하늘을 올려다보았는데, 방금 누군가가 그린 것처럼 하트 모양이 선명했다. 자연도 하트를 좋아하는 것일까, 창공을 배경으로 구름이 그려놓은 것이다. 자연에서 발견하는 하트는 애인처럼 설렘을 증폭시켰다. 만면에 화색이 돌더니 탄성을 내지르는 것이 아닌가. 감탄사가 전염병처럼 번지는 동안 맥박과 호흡이 고르지 않았을 것이다.

심장이 하트모양이라고 하고, 심장을 일컬어 마음이라고도 한다. 그러나 마음을 하나의 장기로 치부하기에는 석연치 않다. 마음을 뇌의 시냅스에서 발생하는 전기적 반응 현상으로 보는 의학적 관점을 제시하기도 하지만, 장기의 하나인 '심장'이 물질을 표상한다면 '마음'은 비물질적 개념을 수반한다. 심장과 마음의 이원화가 포착되는 지점일 것이다. 하지만 그렇게 간단치가 않다. 사실 마음이 아프면 가슴에 동통이 생긴다. 마음에서 기인하는 감정의 상태에 따라 심장이 빠르게 뛰고 안면홍조와 식은땀을 흘리는 일련의 증상은 무엇인가.

그렇게 마음과 심장은 동의어가 되는가 하면 별개의 것이 된다. 마음은 어떤 행위의 원인이나 동기를 부여하지만, 실체가 모호하다. 마음은 공기처럼 현상으로 나타나는 비물질이다. 아무려나 마음은 나뉠 수 있으며 여기 아닌 어딘가에서 배회하기도 하고 때로는 다잡으려 해도 잡히지 않으며 자신을 속이기까지 한다. 내 마음에 내가 기만당할 수도 있는 내 안의 타자이기인 것이다. 낯설고도 아리송한, 때로는 당혹스러운 내 안의 타자와 어떻게 잘 지낼 수 있을까.

어떤 속성을 강화하는 요소로 사용하는, 시각적 모티브인 아이콘은 설득하는 힘이 세다. 마음의 형태인 하트도 힘이 세다. 하트 이모티콘이 비눗방울만치나 가벼운데도 그러하다. 진지하고 무거워지기 쉬운 텍스트와 달리 하트 이모티콘은 경쾌하고 가벼워 마음을 간질인다. 지나치면 경멸을 자초하기도 하지만, 아무려나 하트는 나날이 번성하고 이런 이미지를 상업 제도가 놓칠 리 없다. 고객님 사랑합니다, 두 팔을 머리 위로 올려 만든 하트가 발걸음을 불러 세운다.

사랑은 비용이 든다. 땅에서 하늘까지 망라하는 사랑의 스펙트럼은 돈으로 살 수 없는 것부터 공짜로 줘도 사양하리만치 다양하다. 아가페, 에로스, 필리아, 스토르게에 더하여 더 세분화하여 쓰이기도 한다. 가장 숭고한 원칙에 입각한 비이기적인 사랑이 있는가 하면 낭만적인 에로스, 우정의 형태와 가족 간의 사랑에 해당하는 스토르게로 분류한다. 숭고한 정신부터 이익을 목적으로 하는 상업적 수단으로 이용되는 것까지 사랑이라는 하나의 용어에 무지갯빛 스펙트럼을 담아낸다. 참과 거짓을 망라하며 비루함에서 고매함을 아우르는 사랑이라는 용어는 자주 어지럼증에 시달린다.

사정이 이럴지라도 사랑은 지표 삼을 수밖에 없는 망망대해에서의 등대다. 인간의 존엄성이 발생하는 지점이며 모든 부류를 소통의 장으로 불러모으는 용기이다. 늘 받기만 하는 인간이 신에게 줄 수 있는 유일한 자본이며 우주적 소통과 화합을 가능하게 하는 유일무이한 질료이다.

사랑의 아이콘을 자연 현상에서 발견한 사람들의 반응은 참으로 인상적이었다. 키치 하기 그지없는 하트에 반색하며 마음이 말랑말랑해지는 것을 어떻게 설명할 것인가. 흔한 게 사랑이라지만 진짜 사랑은 희귀하여 쉽게 구하기 힘든 값나가는 보석이다. 참사랑의 부재가 다반사여서 하트 이모티콘마저 그리도 반가운 것인가. 사랑은 참꽃, 먹을수록 배고픈* 진달래꽃인가.

* 조연현의 시, 「진달래」에서 가져옴.

의미들

길을 잃으면 여행을 떠나라고 했던가. 5월에 찾은 여행지는 매서운 바람에 볼이 붉게 튼 사람들의 땅이다. 지도에서 찾아보면 등고선이 짙은 갈색이고 공기의 밀도가 낮다. 숨쉬기가 버거워도 뼈가 훤히 보이는 빙어처럼 사방이 삼엄하리만치 투명하게 드러난다. 살얼음이 채 풀리지 않았으나 연둣빛이 감도는 5월이 지극히 냉소적인 대지의 얼굴을 간질이고 이따금 멀리서 흙바람이 일고 이따금 차창 밖으로 오체투지 하는 사람들이 가까워졌다가 멀어졌다. 민둥산으로 쏟아지는 고원의 햇살은 황야의 아름다움을 역설하려는 듯하다.

가도 가도 비슷하나 같을 수 없는 풍경이 졸음을 몰아오는데 바위에 다닥다닥 그려진 사닥다리가 말을 걸었다. 직립의 바위 면에 흰 페인트로 그려진 사다리 그림들. 희화적이고 단순 반복적인 그라피티였지만 한낱 장난으로 치부할 수 없는 노릇이었다. 그려진 위치가 접근하기 험한 절벽으로 죽음을 무릅써야 그릴 수 있을 것이기 때문이다. 궁금증 못지않게 나른함에 잠겨 헤어나지 못하고 있을 때 일행 중 한 사람이 질문했고 안내인이 대답했다. '망자가 사닥다리를 타고 하늘로 올라가라고 그려놓았다'는 대답은 불시착한 외계인이 그려놓은 상형문자 같았다.

불현듯 무의미 시의 당위성이 줌인되어 선명해졌다. 타르초를 읽고 가는 바람처럼, 바람을 읽으며 펄럭이는 타르초처럼, 기의를 날려버리고 기표만 표표히 나부끼는 무의미 시는 한 조각 퍼즐의 형식이다. 머리와 꼬리가 잘려나갔거나 몸통이 잘려 부분만이 강조된, 전체 구도파악은 유보된, 유추의 방식으로 미지의 영토로 건너뛴다. 마침표를 찍지 않는 시처럼, 한 그루 나무 그늘의 쉼표처럼, 그냥 있을 뿐 빛나는 제시도 어떤 구속력도 없다. 그림자 안에서는 그림자가 생기지 않듯이 의미를 지우면 의미의 폭력을 피할 수 있을까. 어두운 환함으로 환한 어둠으로 의미와 불화하는 인류가 의미를 희석시키면 하나의 탈출구가 생길까. 의미의 폭력에 노출되었을 때 의미를 삭제하면 통증을 누그러뜨리는 진통제요 자기 구제의 응급조치가 될 수 있을까.

무의미의 대척점에 있는 의미 그리고 더 작은 단위인 개념까지를 포괄하는 것인데, 의미와 개념을 삭제하는 것은 소통의 패러다임을 교란하는 것이다. 적어도 의미를 지우는 일이 해석의 결과에 따른 후속 조치라면 모를까 의미 체계를 표적화하여 의도적으로 지워버리려는 시도는 기존 관념에의 전복이 아닐 것인가. 기존 관념은 전통의 비호를 받아왔다. 철옹성 같은 의미의 군락을 의심하고 약화시키는 새로운 관점은 어느 영토에 그 뿌리가 닿아 있을까. 무의미 시의 공화국을 건설한 김춘수 시인의 진술은 자신의 역사적 고통에서 기인한다고 했다. "역사란 이데올로기이고 이데올로기는 허구이며 따라서 허구인 역사가 진짜인 것처럼 행세하는 꼴이 폭력으로 비쳤다"고 했다. 폭력적이고 가변적이기까지 한 의미 체계를 의심하고 무의미 시론의 영토를 확장하고 초석을 다지는데 시인은 노자 사상에 기댄다. "무명천지지시(無名天地之始) 즉 이름이 없는 것이 도(道)이며 도는 고유명사를 부정한다. 또한, 도는 아무것도 아닌 무위(無爲)이면서 작용하지 않는 게 없는 무소불위(無所不爲)이다." 모든 존재의 근원은 이름이 없어서 도는 있는 것도 아니고 없는 것도 아니라는 설법은 무의미로 환치하는데 용매 구실을 한다. 또한, 하이데거의 사상도 참여하는데 "존재란 비밀에 가득 찬

형이상학적 힘이며 일종의 은폐된 신이다." 이런 신비주의에서 태어난 명제 중 하나가 "언어가 말한다"이다. 언어는 언어의 의지가 있어서 "시인이 언어를 부리는 것이 아니라 언어가 시인을 부리는 것"인데 이는 시인의 관념을 배제하는 것으로 무의미 시를 배태할 수 있는 환경을 조성한 셈이 된다. 연원이 깊은 노자 사상이나 사변적인 근대 철학이 일군 토양에서 인간을 부품화, 기계화하는 사조로까지 나아갔고 각광받는 작금의 현상은 당연한 수순일지 모른다.

언제 어디서나 무엇을 하든지 의미를 구하는 것은 인간의 본성이었다. 사람은 의미를 먹으며 살아가는 존재지만 대단하든 사소하든 의미와 불화하는 개인과 시대 또한 늘 있었다. 인류의 시작과 함께 의미는 생성되고 응집되어 길이 만들어지고 여러 갈래 길로 뻗고 다변화되었으며 길과 길이 우열과 가치를 다투고 주의 주장하여 맞서는 구도였다. 반목과 전쟁을 추동한 이데올로기가 역사를 주도하고 때로는 참된 의미를 은폐시키며 세계를 엉뚱하고도 위험하기 짝이 없는 방향으로 이끌어온 것을 부정할 수 없을 것이다. 따라서 역사를 추동해 온 이념에 의문을 품고 거짓되고 폭력적인 실제를 간과하지 않는 지적 감수성이야말로 하나의 이정표가 되어준다. 그러나 참된 의미를 찾으려는 노력은 의외로 진지하지 않다. 참된 의미의 근원인 상징계를 거북하게 여기는 까닭일까. 영민한 인간의 저술들을 보면 상징계를 간파하지 못한 것이 아니라 애써 외면하는 듯하다. 상징계를 피해 에둘러온 인류는 자가면역질환자처럼 스스로를 해치는 병증을 드러내고 있다. 인류는 편의주의와 영합하고 자기 중심주의를 최고의 가치로 삼는 정신의 고도비만으로 인해 합병증이 심화 되었다. 치료제가 아닌 진통제는 병을 다스리는 것이 아닐 것인데, 초록에 지쳐 단풍* 들 듯이 의미에 지쳐 무의미에 기댄 현대인들이 또 다른 복병인 공허와 씨름하는 것이 아닌가.

* 서정주, 「푸르른 날」.

찢어진 청바지

삶에 밀접한 무엇이 인식의 변화를 거치면서 새로워지기까지 인간의 자의식이 관여하는 것인데, 현대인의 자의식에서 발현된 오브제로 무엇이 있을까.

사실주의가 대두되던 19세기 중엽에 등장한 청바지를 꼽을 수 있겠다. 두 차례의 세계대전과 수천 명의 생명을 앗아간 스페인 독감 그리고 대공황에서 비롯된 경제적 빈곤. 이런 대재앙을 겪어내면서 특히 서구의 현대인들은 기존의 질서와 전통적 가치에 대해 그리고 인간을 굴레 짓는 제도와 사상과 관습에 대해 강한 의구심을 갖게 되었다. 인간은 이성적이지 않을 뿐더러 고전주의나 낭만주의와 같은 사조가 일면에 집중되어 있거나 그럴듯해 보이는 것일 뿐 인간의 참모습을 왜곡하는 일종의 이념이라고 인식하기에 이르렀다. 인간도 하나의 자연이라는 개념을 주지시키며 제도적인 억압을 야기하는 사유와 관점들을 경계하기에 이른 것이다. 이러한 기존의 세계관을 부정하고 사실주의를 표방하는 시류를 배경으로 등장한 청바지는 '기성세대에 대한 반항'이요 '자유를 수식하는 형용사'요 '젊음의 아이콘'으로 부상한 것이다.

때로는 실수가 더 좋은 결과를 만들어내기도 한다. 청바지가 그랬다. 천막을 만들려던 직물의 색상이 주문자의 요구와는 다르게 인디고로 염색되는 바람에 주문자가 거부하여 방치된 처치 곤란해진 직물이 작업복이 될 수 있었던 것은 발상의 전환이 가져온 결과였다. 청바지로 글로벌 기업이 된 <리바이스> 창업자 리바이 스트라우스(Levi Strauss)는 천막 판매상이었는데, 수요처이던 광산을 드나들다가 쓸모없어진 질긴 천막용 천으로 광부의 작업복을 만들 발상을 한 것이 주요하였다. 고정관념에서 벗어나야만 가능한, 참신한 아이디어였다. 향후 청바지는 변신에 변신을 거듭하고 통념을 깨뜨리며 엄청난 수요를 창출하였다. 청바지는 광부와 농부뿐만이 아니라 골드러시 물결과 함께 미서부로 모여들던 개척자들이 부츠와 함께 즐겨 착용하였다. 자연에 맞서는 거친 삶에 안성맞춤인 질긴 청바지는 값이 싸고 아무렇게 막 입어도 좋은 실용적인 아이템이었다. 반항적 캐릭터의 배우 제임스 딘이 영화 <자이언

트>, <이유 없는 반항>에서 입어 세간의 주목을 받은 이후 청바지는 작업복에서 평상복으로 진일보되었다.

서구의 고전적인 의상은 특히 여성에게 있어 인간을 위한 옷이라기보다 오히려 이상화된 이념의 실현을 위해 인간을 디자인하는, 본말이 전도된 옷이었다. 코르셋으로 여성의 허리를 숨쉬기 어려우리만치 조이고 부풀리는 방식은 무도회에서나 어울릴만한 것으로 일상생활에서야 얼마나 번거로웠을 것인가. 물론 평상복이야 비교적 간략하였을 것이나 치렁거리는 옷자락은 여전히 거추장스러웠을 것이다. 관습을 답습하는 옷을 벗고 개성을 입는 시대로 진입하면서 디자인이 중요시되었다. 디자인의 기본은 "기능이 곧 디자인"이라는 실용적이고 자연주의적인 접근이 이루어졌다. 신체 특징을 고려한 디자인으로 발전하기까지 긴 시간이 흘러야 했다. 여성이 바지를 입은 것은 놀랍게도 불과 수십 년 전의 일이다. 그것은 1961년 디자이너 이브생 로랑이 여성 모델에게 바지를 입혀 런웨이를 걷게 함으로써 벌어진 일종의 개벽이었다. 그렇게 입으면 되는 것을, 여성이 바지를 입기까지 수천 년이 걸렸다는 사실이 많은 생각을 이끌어낸다.

인디고로 염색한 청바지는 시간이 흐르고 입는 횟수에 따라 날염 되어 느낌이 달라진다. 청바지의 블루는 추상적이고 하늘, 대기, 우주, 물과 같은 무한한 이미지를 담지한 색깔이다. 이랑 무늬의 능직으로 직조된 블루진은 자유분방한 보헤미안 집시 문화를 경유하면서 여러 가지 불문율을 낳기도 했다. 사회적 지위 불문, 남녀노소 불문, 장소 불문으로 청바지를 입는다는 것은 곧 평등을 표방하는 것이 되었다. 또한, 다른 질감의 옷이 낡아졌을 때 옷의 수명이 다 됐다고 느끼는 것과는 다르게 낡음이 새로움으로 리뉴얼된다. 작업을 하다 찢어진 청바지 사이로 드러나는 허벅지는 젊음 그 자체이다. 노예 해방 이후 노동은 만민의 것이 된 지금 젊고 건강한 노동자가 일하는 와중에 청바지가 찢어지거나 낡아 해졌다면 그것은 가난의 표식이 아니라 고정관념을 타파하는 표식이 되었다.

물론 요즘은 그 누구도 청바지가 닳도록 입지는 않는다. 이제는 디자인의 차원에서, 자기표현의 차원에서, 멀쩡한 청바지를 낡게 만든다. 워싱 처리를 하여 날염시키는가 하면 무릎 언저리를 찢어 입기도 한다. 노동의 신성함을 연출하려는 의도에서 비롯되었다고 말할 수는 없겠지만, 젊음과 도발하는 인간을 드러내는 데는 성공적

발상이 아닐 수 없다. 아무리 값싸고 해진 옷을 입었을지라도 젊음이 감추어지는 것은 아니다. 허벅지를 드러내기도 하고 찢은 곳을 다른 천으로 덧대어 꿰매어 입기도 하고 아랫단을 겹쳐 박는 것을 마다하고 가위로 들쭉날쭉 잘라내어 올을 풀어 입는 것이 최근의 경향이다. 단은 항상 안으로 박아야 한다는 고정관념을 전복시키려는 듯 겉으로 뒤집어 박는 패션의 도발이 참신해 보이기까지 하더니 아예 단을 없애고 들쭉날쭉 기하학으로 잘라내어 관습만이 아니라, 식상한 모든 것을 무찌르며 나아간다.

꼬리

동물의 꼬리는 언어적 기능까지를 망라한다. 그러니까 나는 무엇의 꼬리가 아닌 꼬리의 특징을 가진 이미지의 복합을 건드려보려고 한다. 그것은 인간의 관점에서 재구성하여 새로이 태어난 지상에 없는 그러나 생소하지 않은 결국은 인간의 정서가 개입된 인간의 꼬리까지 포괄한다.

인간은 꼬리가 없다. 꼬리뼈라고 불리는 지점이 있을 뿐이다. 꼬리뼈라는 명칭이 있다 하여 꼬리가 퇴화한 흔적이라고 주장하려는 것은 아니다. 다만 인간은 유사 이래 보이는 모든 것에 그리고 인지되는 모든 것에 이름을 부여해왔다. 그리고 이름을 붙일 때 다른 존재로부터 얻은 영감이 반영되는 것은 지극히 당연하다. 모든 동물의 꼬리는 척추의 끝자리이며 엉덩이가 양분되는 중앙에 위치하니 인간 자신들에게도 그 지점을 꼬리뼈로 명명한 것은 지극히 자연스러운 발상이다.

꼬리 이미지를 인간사에 적용할 때는 대체로 부정적이거나 희화적이다. 사실, '꼬리' 이미지에 자신이 투영되는 것을 좋아할 사람은 없을 것이다. 용의 꼬리보다 뱀의 머리가 되겠다지 않은가. 이처럼 꼬리는 꼴찌의 개념과 맞물려 약자를 지칭하거나 약점을 나타내는 기호로 쓰인다. 남자가 사회적 강자의 위치를 노골적으로 점하던 시대에 만들어진 말 가운데 '꼬리 친다'라는 말이 있다. 대부분 여자를 대상화하여 사용하였을 것이나 근래에는 동성이 동성을 경계하는 측면으로 사용되는 경향도 있다. 또한, 대상에게 마음을 빼앗겨 정신을 못 차리거나 산만해져 일을 그르쳤을 때 핑계를 대려는 심사를 '구미호에 홀렸다'는 말로 드러낸다. 경쟁에서 졌거나 일을 그르치게 되었을 때 불가항력적이었다는 의미를 내포하기도 하는데, 마녀사냥의 다름이 아니다. 이 경우 남자가 여자를 대상화하는데, 여성의 유능함과 아름다움을 무기로 보겠다는 것이다. 개가 친근감의 표현으로 꼬리를 살랑살랑 흔들며 애정을 표현할 때 사람의 마음이 부드러워지는데 그런 꼬리가 아홉 개라면 어떻겠는가. 꾀 많은 야생 여우의 아홉 꼬리라는 가정은 홀림의 정도가 얼마나 강렬했을지 심도를 알리는 단적인 예다.

최근에는 꼬리에 대한 긍정적 시선도 눈에 띄는데, 이는 다양한 관점이 공존하고 역발상이 공감을 얻어내는 빈도가 높아지는 것과 맥을 같이 한다. 꼬리는 결정권도 없고 약자의 포즈를 취하지만, 사이를 메우고 연결하는 촉매이다. 고무 패킹처럼 완충재로 쓸모를 완성하는 것이며 먼저 말을 걸고 손을 내밀어 관계를 촉진하는 기호이다. 그런 측면에서의 무의식이 발현된 것일까. 미국의 레이 톰린슨이 전자우편(e-mail)을 개발하면서 아이디와 도메인을 구별하는 기호로 @를 사용하였다. 톰린슨은 전치사 at의 변형이라고 했지만, 한국에서 흔히 골뱅이라 부르는 기호 @를 상당수의 나라에서는 꼬리를 연상했다. 네덜란드에서는 돼지 꼬리, 중국은 쥐, 러시아는 강아지, 독일은 원숭이, 프랑스는 코끼리 코 등등 꼬리 이미지가 대입되었다. 이는 짐승의 꼬리가 인간의 심상에서 얼마나 큰 비중을 차지하는지 보여주는 사례일 것이다.

하지만 실재에 있어 동물의 꼬리는 그들의 생존에 필요한 주요 도구요 수단으로 기능한다. 동물에게 꼬리는 자신의 심리 상태를 나타내는 표현 수단이며 몸에 달라붙는 해충을 떼어내는 도구이고 몸의 균형 감각을 유지하는 달팽이관이다. 인간은 다른 언어 체계에 있는 존재들과도 소통할 필요가 있다. 의사소통의 수단에 말과 글만 있는 것은 아니다. 수화 및 수신호도 있다. 나아가 다른 종의 생명체와 소통을 하기 위해서는 눈빛, 표정, 몸짓, 태도, 소리의 높낮이와 파장 등 다양한 소통 방법에도 관심을 가져야 할 것이다. 인간의 여섯 번째 감각인 육감은 몸이 기억하는 언어로 직관적 통찰을 일컫는다. 이는 인간만의 전유물이 아니다. 감으로 상대를 알아보는 동물들, 특히 애완견은 동물병원의 의사나 조련사들을 용케 알아보고는 순응하는가 하면 알아서 기고 쫀다. 관련된 특수 종사자들은 자신들이 동물들의 행동 심리와 행동 양태를 알고 대처한다지만, 오히려 동물들이 본능적으로 반응하는 것 같다. 꼬리가 보내는 표정과 메시지는 거짓 정보가 아니다. 꼬리의 언어를 모르는 데서 오는 혼란과 두려움에서 벗어나야 한다. 본능의 언어에도 익숙해질 필요가 있다. 동물은 인간에게 흥미로운 벗이며 함께 해야 할 동반자이니.

음악을 오독하다

어떤 음악과의 해후는 해적을 만난 돛단배와 유사하달까 느닷없이 가슴팍으로 뛰어들어와 머리털 솜털 할 것 없이 오만 데를 곤두세워 투항하도록 만들고 감성을 탈취한다. 단번에 선율의 자발적 포로로 만드는 것이다.

느닷없이 꽂힌 음악을 온종일 반복적으로 듣다가 문득 자문한다. 나는 우울한가? 영화배우 제인 폰다가 한 말이다. 그녀의 연인이었던 영화감독, 로제 바딤에게 말했다. “한 곡의 음악을 반복적으로 듣는 것은 우울하다는 방증이야.” 그때 그녀가 듣던 음악이 무엇이었는지 알 수 없지만 얼마 후 그녀는 그를 떠났다. 한 곡의 음악을 반복적으로 듣는 습관이 자의식의 통로가 열리는 지점이었던 걸까. 굳이 “우울의 방증”이라는 여배우의 말을 부정하지 않겠다. 그렇다고 긍정하려는 것도 아니다. 분명한 것은 반복은 갈증과 긴장, 그리고 압박감을 유발한다는 것이다.

산다는 것이 시적 행위라는 것을 깨닫는다면, 산다는 것이 최초의 은유적 행위임을 깨닫는다면, 음악이 흐르는 시공간에서의 몸의 시학은 감미로운 통증에서 적극적으로 벗어나려 하지 않는 마조히즘(masochism)의 한 양상이라고 할 수 있지 않을까. 반복이 가하는 압력에서 벗어나기 위해 창문을 열어 환기를 시키든 오프 스위치를 눌러 소리를 차단하든 그 어떤 조치도 취하지 않는 것을 보면 말이다. 음악의 선율과 그것에 취한 사람이 교집합을 이루면 술이 되기도 한다. 음악과 사람이 감정을 주거니 받거니 하다가 일상의 궤적을 교란하는 디오니소스적인 감성으로 함몰되는 것이다. 음악에 취하는 것은 부화 되지 못한 정서적 멍울이라는 알을 음악이 줄탁하여 마침내 구출하는 것이다. 골몰해지고 구체화 되는 감정이 활성화되는 것인데, 지구의 맨틀과도 같은 마그마의 분출이 껍질을 깨부순 향후는 곧 역사가 될 것이다.

반복적으로 듣곤 했던 노래 중 하나가 폴 매카트니와 린다 매카트니가 부른 <Monkberry moon delight>다. 사전에 없는 단어요, 앞으로도 사전에 등재될 것 같지 않은 위의 제목에 가제를 붙인다면 "밀크셰이크"라고 한다. 약을 먹고 만든 음악이라는 설까지 나돈 것에 대한, 그리고 단일한 의미망에 포섭되지 않는 가사들이 불러일으키는 분분한 오해와 오독에 대한 매카트니, 당사자의 해명이기도 하다. 폴은 아이가 Milk를 Monk로 발음하는 것에서 착안하였고, 아이의 발음을 재미있게 생각한 아내 린다와 함께 '차일드 랭귀지'로 다른 사물들의 이름을 불러보았다고 했다. 그런데 결과가 놀랍다. 엉뚱하게 착안된 만큼이나 자유로워진 멜로디는 구조와 논리에 대한 기승전결 강박관념에서 벗어나 개연성 없는 가사를 놀이로 만들었다. 놀이하는 인간을 불러내어 쫓기는 현대인에게 해방감을 선물하는 것이다. 미발달 구강 체계에서 합성된 단어 Monk를 그대로 차용함으로써, 상상력을 증폭시키고 의미를 확장시켰다. 수직의 위태로움과 에너지의 응집으로 닫힌 단어, Monk(승려, 수도사)에 달착지근한 berry와 교교한 달빛을 delight로 브랜딩한 음료는 판타스틱하다.

두서없는 가사는 이를테면 차일드 랭귀지를 표방하나 중의적 의미가 발생하는 한 편의 시인 것이다. 설명 불가, 해석 불가한 음악은 있음과 느낌으로 모든 것이 된다. 뿜어내는 에너지의 메타포가 포진한 한 편의 시는 구강기와 항문기의 분화되지 않은 정서가 어른의 영역에서 현시된다. 그것은 인간과 동물을, 아이와 어른을 경계 짓는 관념의 구조물을 뒤흔드는 것이다.

미발달 구강 체계에서 나온 차일드 랭귀지는 오독을 전제한다. 오독은 일종의 창작 행위로써, 종은 같으나 류가 다른 무엇이다. 클래스가 달라지고 단위와 형식이 달라지는 새로움의 가능성을 여는 것이다. 본 노래의 리듬은 단조롭다. 반복적 구조의 리듬에 돌출하는 멜로디는 야만적이기까지 하다. 두성도 아니요, 몸의 공명을 이끌어내는 소리도 아니다. 잔뜩 목에 힘이 들어간 괴성과 되는대로 내지르는 소리는 길들어지고 타성에 젖은 사회적 인간에서 무위의 놀이하는 인간으로 전환시킨다. 놀이는 존재에게 본연으로 살아있음을 일깨우는 동시에 정신적 휴식을 선사한다. 천의 천이요 만의 만인 무위의 층위는, 현대의 노회하고 매끄러운 소리가 끼어들 수 없는 무작위다. 근원적인 생명의 현현은 행위로써 존재할 수밖에 없기에 어떤 설명이나 인과적 줄거리가 없는 시의 어법으로라야 드러나는 것이다.

배꼽

요가 동작 중에 '아기 자세'라는 것이 있다. 고개를 가볍게 떨어뜨리고 무릎을 가슴까지 끌어올려서 몸을 동그랗게 말고 힘을 푸는데, 이는 태아가 태중에 있을 때의 자세를 일컫는 것으로 어려운 동작을 하고 난 다음에 마치 보상처럼 허락되는 휴지(休止)이다. 아기 자세는 결박의 개념을 내포하며 이때 결박은 삶의 조건이 된다. 태중의 아기는 공간을 최소화해야 하는데, 몸을 공처럼 둥그렇게 말았을 때 최소한의 공간이 된다. 둥근 것은 중력을 표방한다. 하늘의 별들은 둥글다. 원은 법과 질서의 메타포이다. 둥글어야 무한의 시간을 공유할 수 있다. 태중의 열 달은 인간의 삶이 조건부이며 그에 순응해야 한다는 것을 무의식적으로 가르친다. 질서와 방법의 수여자가 아닌 순응자로의 삶을 직감하는 객체는 미지의 세계와 마주했을 때 두려움을 갖게 마련이다. 놀랐을 때 자기도 모르게 튀어나오는 말, "어마야!" 그 말은 어머니에 그 어원을 두고 있다. 탯줄로 연결되었던 어머니라는 대상은 고향이며 구심점이다. 아침에 집을 떠났다가 어두워지면 집으로 발길을 재촉하는 회귀본능의 출발지점이다. 그러나 성장하면서 어머니는 단일한 대상에 국한하지 않는다. 새로 일군 가족이 되기도 하고 어떤 가치나 지향점이며 사랑이 머무는 자리로 변화의 과정을 거친다.

아기 자세는 속박의 포즈이지만, 그럼에도 심신이 안정되고 편안해지는 마음의 환기를 경험하게 한다. 다락방, 카페의 한쪽 구석, 움푹 파인 모래사장이나 계단 밑에 쭈그리고 앉는 아이는 몸이 감추어져 있다는 안도감과 아늑함을 즐기는 자신을 발견하게 되는데 대개는 의식하지 못하는 경우가 많다. 무의식에 근간을 두고 있기 때문이다. 햇빛이 들지 않는 심해와 같은 무의식은 좀처럼 의식의 바깥으로 드러나지 않지만, 어느 상황에서 예기치 않은 감정으로 휘몰아간다. 무의식은 바다에 비유될 만치 넓고 깊게 자리하고 있어서 자각할 겨를도 없이 부지불식간의 행동 양식이 되는 것이다. 어느 순간에 생생하게 의식의 표면으로 떠오르는 무의식의 심연은 태중에서부터 비롯되었으리라.

임산부의 몸은 아기를 우선하는 시스템으로 전환된다. 어머니가 섭취한 음식은 화학작용을 거쳐 (이때 아기의 소화기관은 개입하지 않는다) 아기의 몸을 구성하는 성분이 된다. 태중 아기는 어머니가 들이쉬는 산소를 공급받으며 어머니와 일체가 된다. 그러나 태아는 산모의 몸의 관점에서 이물질이기도 하다. 이물질인 태아는 어머니의 태반에 줄로 연결되어 지내는 열 달 동안 어머니라는 매개체를 통해 세계를 자기 몸의 감각기관에 새긴다. 아기는 어머니의 심장 소리를 들으며 세계가 소리를 가지고 있음을 무의식적으로 알게 된다. 심장 고동 소리는 교감을 주제로 하는 악기의 음률이다. 눈도 제대로 뜨지 못하는 갓 태어난 아기는 엄마의 젖 냄새에 안심하고 엄마의 촉감을 온몸으로 익힌다. 뇌의 작용이 아닌 본능과 결합한 감각작용이 무의식의 지대로 침잠하여 어떤 버릇이나 습관을 형성한다. 그것은 몸의 생리가 되고 원형적 심상으로 자리잡아 기질을 형성하는 데 일조한다.

이제 막 말귀가 트이기 시작한 아기에게 배꼽이라는 말을 해보라. 배꼽이라는 말을 하는 어른은 저도 모르게 '배' 자는 장음으로 '꼽'은 단음으로 발음하는 것을 발견할 수 있다. 말함과 동시에 아기의 배꼽을 누르는 시늉을 한다면 아기는 더욱 까르르 웃는다. 그때 터져 나오는 웃음은 학습에 의한 것이 아니다. 몸의 언어로 소통하는 아기는 그런 동작이 사랑임을 감각한다. '꼽'의 쌍기역 어감은 비읍 받침에 의해 한 점으로 축약 집중되어 딱 배꼽만 해진다. 발음하는 입술도 따라서 배꼽만 하게 오므라든다.

배꼽은 의존적 시간을 살아야 하는 인간 조건의 상징이다. 내가 돌봄을 받았듯이 또한 돌보는 자가 되어야 하는 당위성을 교시한다. 후손을 갖는 일은 곧 생식기와 결부된다. 생식기를 감싼 골반의 양 날개를 밑변으로 할 때 배꼽은 삼각형의 상위 꼭짓점이다. 배꼽이 위치하는 복부라는 용어는 전면을 지칭하나 그것을 바라보는 자는 은밀한 부분까지 포괄시킨다. 인접성 및 상관성은 연상의 단초를 제공한다. 어머니와 자신을 이어주던 생명줄의 자국을 타인에게 노출하는 일은 그런 이유로 감추어야 하는 것으로 여겼을 것이다. 고래로 전해온 수많은 금기가 깨진 이십 세기, 배꼽의 금기도 깨졌다. 이제 배꼽은 은둔의 시간을 열고 밖으로 나왔다.

별들의 고향

'까꿍' 카카오톡 소리다. 무엇이든 손에 잡히는 대로 입으로 가져가는 아기와 눈을 맞추며 반응을 이끌던 소리가 차용되어 비눗방울처럼 경쾌하다. 아기의 주의를 끌어볼 요량으로 '까꿍' 소리를 내다 보면 저절로 앙증맞은 동작이 튀어나오고 사랑스러운 감정이 빵처럼 부푸는 것인데 활력을 주는 '까꿍' 소리가 현대문명에서 메신저의 시그널로 부상했다. 도시에서 섬처럼 살아가는 현대인을 네트워크로 연결하는 배달부 '까꿍'은 지구촌 어디서나 교신할 수 있음에도 요금을 청구하지 않으니 그저 땡큐다.

까꿍 소리가 배달한 동영상에서 하얀 원피스를 입은 여자가 잔디에 누워 있다. 여자의 이름은 루이즈(Louise), 그녀가 누워 있는 잔디밭은 구글 플렉스 내의 야외 레스토랑 근처이다. 클로즈업된 여자의 블루 토파즈 빛 눈동자에서 우주여행이 시작된다. 처음엔 일상의 속도인 미터와 킬로미터로 출발하였으나 어마어마하게 가속이 붙어 가늠할 수 없는 광년의 속도로 태양계 바깥까지 갔다가 여자의 눈동자 속으로 되돌아오는가 싶더니, 보이지 않는 마이크로 세계를 여행한다. 여자의 핏줄을 따라가다 양성자와 중성자에 이어 미립자 쿼크의 최소 단위까지 갔다가 다시 여자의 동공으로 되돌아오는 여정이다. 역시 구글다운 기획이다. 조 광년을 가도 우주의 끝이 보이지 않는다니! 여전히 우주는 팽창을 멈추지 않고 있다니!

미터의 단위는 얼마나 다정한가. 다정한 만큼 얼마나 안심이 되는가. 그러나 킬로미터 단위부터는 감각의 영역을 넘어선 경험과 지식으로 파악해야 한다. 십만 킬로미터로 거리가 벌어지자 캘리포니아만이 바구니 속 먹다 남은 빵처럼 담겨 있고, 일천만 킬로미터로 벌어지자 지구의 반원이 들어오고, 더욱 가속이 붙은 영상은 궤도에 붙잡힌 지구와 달을 동시에 포착하는가 싶더니 태양계를 질주하며 화성과 목성을 지나, 궤도 사이에 있는 무수한 소행성 벨트를 조명한다. 백 단위 킬로미터의 지름을 가진 소행성 몇 개에 그나마 크다는 이유로 이름이 붙여졌을 뿐, 얼마의 소행성은 숫자로 매겨지거나 번호조차 부여받지 못한 것이 대다수이다. 구체 모양을 갖추지도 못하고 울퉁불퉁한 크고 작은 돌덩이로 된 무수한 소행성은 띠를 이루어 행성처럼 일정한 궤도를 따라 태양을 공전한다.

영상에 자막이 없었다면 알 수 없었을 것이다. 자막은 난수표처럼 어지러운 소행성 지대를 지나 태양계에서 방출된 명왕성에 도착했다고 알려준다. 명왕성은 태양계의 아홉째 행성이라는 지위를 잃고 왜소행성으로 분류되었다. 달의 지름보다 삼분지 일이 조금 넘는 크기인 그것은 태양계의 위성이라는 가족의 지위를 잃고 134340호라는 번호로 불린다. 숫자로 불리는 것은 애정이나 감정 지대의 바깥에 거주하는 대상이다. 태양계에서 낙오된 죄수를 연상시키는 것이다.

태양계의 가장자리, 해왕성 바깥에는 작고 꽁꽁 언 물체들이 수억 혹은 수조 개가 있다고 한다. 카이퍼 벨트(Kuiper Belt)로 불리는 파편들로 이루어진 벨트는 그 또한 궤도를 따라 돈다. 돌기는 돌되 원이 아닌 일정하지 않은 형태이다. 태양계를 벗어난 바깥에는 살별이라고도 하는 꽁지 별, 혜성의 대량 서식지인 오르트 구름대(Oort Cloud)가 있다. 인류는 혜성을 어떤 징조로 받아들이거나 행여, 대기권을 뚫고 지구와 충돌하는 것은 아닌지 우려한다. 지구의 방패인 자기장과 대기가 우주의 파편들을 막아내지만, 어디선가 날아온 유성의 불빛이 긴 꼬리를 끌며 반짝이며 떨어지는 것을 볼 수 있다. 밤하늘을 밝히는 별똥별이 마냥 낭만적이지만 않은 것은 다니엘이 쓴 책의 기록 때문일까. 뜨인 돌에 의하여 인류가 종말을 맞을 것이라는 기록이 두려워서일까.

남아공발 오미크론 변이에 나라들은 열었던 빗장을 다시 잠그고 소행성과 지구의 충돌을 막기 위해 위성이 발사되었다는 뉴스가 떴다. 발사된 위성의 목적은 지구와 부딪칠 위험이 있는 소행성의 궤도를 바꾸게 하는 예행연습 같은 것, 영화에서 본 일이 현실이 된 것이다. 생텍쥐페리의 『어린 왕자』에 등장하는 B612 소행성은 궤도를 이탈하는 일은 없겠지. 바오밥나무가 자라는 소행성은 안녕하시겠지!

이제 광년의 단위로 측정하는 세계로 진입한다. 광년 단위로 측정이 되는 지점 즈음에서 태양계를 벗어나나 여전히 우리 은하계 범주이다. 세상에나! 게다가 빛이 십수 광년을 가야 닿는 성단 이름이 '이웃에 있는 별(Neighboring Stars)'이라니!

옛사람들은 하늘을 올려다보며 별에 동물의 이름을 붙이거나 당대에 유명한 사람의 이름을 붙이고는 사람의 길흉화복을 물었다. 저것은 나의 별이라거니 저것은 너의 별이라거니 인간은 자신을 어느 별에서 온 존재로 이해하고자 했다. 고향을 묻듯 너는 어느 별에서 왔느냐고 물었다. 고대 바빌로니아 및 그리스 로마 신화 속

별들이 일만 광년의 거리에 주둔하고 있다. 일만 광년 떨어져 있는 별들이 지상에서 관찰되는 것이다. 하늘을 우러르게 만들고 인간의 품성과 운명까지 관련지으려 하고 꿈을 꾸게 하는 것을 보면 인류는 우주의 미아가 아닌 모양이다.

어린 시절 오리온자리, 북두칠성, 큰곰자리, 작은곰자리 등을 찾아볼라치면 쉽지 않았는데 이유가 있었다. 별들의 연결이 애매하니 어찌 쉽게 알아볼 수 있었을까. 그렇다니까 그런가 보다 했을 뿐이다. 단적인 예로 황도 12궁 별자리 중에 황소자리는 플레이아데스 성단과 하이데스 성단에 걸쳐 있다고 한다. 두 개의 성단에 걸쳐 있는 먼 거리의 별들을 묶어 황소자리라고 이름 붙이고 지구촌 사람들의 운명과 결부시키려 한 것을 어떻게 이해해야 할까. 인간의 상상력을 무한대로 넓혀주는 별들, 켄타우루스, 오리온자리, 안드로메다, 카시오페이아 및 황도 12궁 별자리 이름이 기원전 3,000년 무렵의 표석에서 발견되었다니! 별은 아무래도 인류와 무관할 수 없는 뿌리의 개념을 암시하는 것이 아닌가. 그러나 익숙한 이름을 가진 별들의 군락지가 수상하다. 한때 인간의 딸들을 탐했다가 거주가 제한된 천사들이 모여 있을 것만 같다.

상상의 지대인 타타로스를 지나 이제 영상은 상상조차 하기 어려운 밀리언 광년 대로 진입한다. 밀리언 광년에 속한 은하단이 바람처럼 지나가고 조 광년 대에 초은하단이 나타났다가 사라진다. 허블 만원경도 더는 이해 불가인 듯하다. 더는 나아가지 않고 가던 길을 되돌아서 여자의 토파즈처럼 푸른 동공으로 들어간다.

이제 영상은 마이크로 세계로의 질주를 시작한다.

생각을 수출하다

"장님이 코끼리 만지기"라는 말이 있다. 코끼리의 어느 부분을 만졌는가에 따라 소견이 달라진다는 것인데 인도를 언급할 때 비유되기도 한다. 인도를 한마디로 요약하는 일이 쉽지 않음을 대변하는 것이다. 그런가 하면 반얀나무로 비유되기도 한다. 반얀나무는 하나의 나무에서 뻗은 가지가 땅에 닿아 뿌리가 생기며 영역을 넓혀간다. 수령이 700년 된 나무가 자기복제를 하여 번식한 면적이 자그마치 2헥타르가 넘는다고 한다. 일반적인 나무의 생태와는 달리 옆으로 자라는 반얀나무는 일반성을 뒤집어엎으며 인도의 상징이 되었다. 관념의 집합이며 혼돈의 꿈이며 환상인 인도, 기행 소감에는 한결같이 '충격적'이었다는 말이 빠지지 않는다. 그럼에도 인도를 여행하는 사람들은 줄어드는 것 같지 않다.

"인도에 왜 가니?"라고 검색어를 넣었다. 어떤 상념에 떠밀려 무위의 손가락으로 자판을 두들겼을 것인데 아뿔싸 이미 유사한 의문을 품은 사람들이 많아서 놀라움을 금치 못했다. 비슷한 검색어에 걸린 글들이 주르륵 올라오는 것인데 질문에 대한 답변들은 인상적이거나 방점을 찍고 싶은 대목 없이 평이했다. 그도 그럴 것이 현재성에서 발현된 의문부호로 역사의 지질 대를 파내는 것이 어디 녹록하겠는가. "인도에 왜 가니?"라는 물음만으로 충분하다. 그것은 개인과 관련한 물음이 아니라 여행지로 선택한 이유를 묻는 것이니까. 어째서 거길, 이라는 말이 생략된 문장에 부사를 하나 끼워 넣는다면 '하필'이 적절할 것이다. 다른 나라와 관련하여서는 그런 질문을 찾아볼 수 없다. 설령 있다고 하더라도 여행자 개인의 입장을 묻는 것이지 여행지로 선택한 까닭을 묻는 경우는 예외적이라고 아니할 수 없다. 인도는 그 어느 나라보다 독특하다. 현대문명에 익숙한 사람들에게는 더더욱 이상하고도 아름다운 도깨비 나라가 아닐 수 없다.

공감하기 어려운 관습에 묶여 있는 나라가 궁금해지는 이유는 무엇일까. 비즈니스가 아닌 여행에 국한한 경우라면, 궁금증의 부력만큼 그곳을 찾는 여행자의 심리 상태라든지 어떤 정황인가를 살펴보게 된다. 선입견의 영향을 받지 않았다고 단언할 수 없을 것이나, 선입견은 일반성을 담보하지 않던가. 지구본에 있는 그곳에 13억의 인구가 살고 있고 그네들의 역사와 문화가 있으니 '간다'라는 단순명료한 접근법도 있겠으나, 사노라면 길을 잃었을 때가 있다. 관용하지 않고는 현실을 건너지 못할 난관에 봉착한다든지, 문득 낯설어지는 자기 존재를 이해하고 정립할 필요에 직면한 경우처럼 무언가 내적 돌파구를 찾으려 할 때 인도에 가고 싶어지는 것은 아닐까. 인도는 논리와 관념이, 합목적 타당성이 전통에 의해 전복되는 현장이니 발상의 전환을 도모할 어떤 에너지를 얻을 수 있을지 모르겠다. 아무튼, 시궁창에 처박힌 듯한 감정적인 어려움을 떨쳐내는 데는 여러 모양의 사람 사는 모습을 봐두는 것이 좋을 것이다. 불평등한 제도를 숙명으로 받아들여야 하는 사람들 앞에서 여행자의 고민과 우울은 아주 가볍고 사소한 것이 될 것이다. 세계는 공평하지 않다는 인식에 봉착했을 때 원인보다 현상에 일희일비하게 된다. 사실 정도의 차이가 있을 뿐 세상은 정말 불공정하다. 자기 극복이 필요한 여행자는 이해가 쉽지 않은 현장 목격을 통해 불만족스러운 자기 현실에 순응의 옷매무새를 다듬을 수 있게 되는 것일까.

불평등을 당하는 불가촉천민으로 분류된 당사자들보다 다른 문화권에서 놀라움을 금치 못하고 안타까워한다. 인도에서는 이슬람권에서 빈번하게 사용되는 '인샬라'를 남발하지 않아도 그들의 자의식은 종교 및 제도적 관습에 깊숙이 예속되어 있다. 지구촌이라는 말에서 알 수 있듯이 교통 통신의 발달만이 아니라 미디어를 통해 생각을 공유하는 시대에 진입하였으니만치 현대라는 카테고리로 묶여 있지 않은가. 서로를 모방하거나 동화되기가 쉬워졌음이다. 그런 여파가 전혀 없는 것은 아니다. 1950년 카스트제도의 법적 지위는 부정되었다. 적어도 법으로는 평등하다고 선언되었으나 정신적 관습적으로는 여전히 예속되어 있다는 점이다.

인더스 문명은 기원전 2500년 전에 꽃을 피웠으며 2000년경에 사라졌다고 한다. 유럽어족의 조상 격인 아리안이 철로 만든 병기로 드라비다족을 물리치고 카스트제도로 그들의 입지를 공고하게 다졌다. 드라비다의 유적지인 모헨조다로와 하라파에는 도무지 찾아볼 수 없는 것이 있다고 한다. 메소포타미아와 이집트 문명과는 달리 왕의 흔적이 없다고 한다. 궁전이라 할 만한 흔적이 없는 것이다. 그들에게 지도자가 없었다고 전제한다면 그들은 평등한 생활을 영위했을 것이다. 그런 그들이 삼천여 년 동안 카스트제도의 지배를 받은 것은 참으로 아이러니하다. 히틀러가 아리안의 우수성을 강조하며 유대인들을 학살하였으나 유대인도 셈족이고 더 거슬러 가면 아리안의 뿌리도 셈족이다. 분쟁이 끊이지 않는 중동의 여러 나라가 셈족이다. 사실 최초의 살인이 형제지간에 벌어진 일이며 거슬러 올라가면 하나의 조상을 두고 있다 하지 않던가.

각설하고, 혼돈을 찾아가 혼란스러움을 달래려는 그대의 여행이 부디, 한 마리의 나비 날갯짓이 되어 한 권의 책으로 태어날 수 있기를!

2부

은유로 말하는

마젠타 난쟁이 물총새가 돌아왔어요

경자년 벽두부터 해를 넘긴 입때껏 현상(증상)으로 드러난 '추상'과의 싸움은 처절하다. 생물도 아닌 것이 그렇다고 생물이 아닌 것도 아닌, 외가닥 단백질 입자가 하필이면 호흡기에 기생해서는 생명의 수여자도 유보하는 숨통을 쥐락펴락 산목숨을 상대로 협박질이다. 두 눈을 부릅떠도 안 보이는 그것은 고성능 현미경으로라야 관찰할 수 있는데, 그놈의 생김새는 어쩌자고 최고 권좌의 상징인 왕관처럼 생겨 먹었을까.

달이 태양을 가리는 개기월식, 그 몇 분간의 둥근 어둠 가장자리에서 뿜어져 나오는 경이로운 플라스마를 닮은, 그것의 숙주가 된 우리 인간은 철퇴를 맞은 것처럼 초주검이다. 지상에서 햇빛 없이 살 수 있는 생명은 없을 것인데, 크레용을 선물 받은 아기들이 너나없이 그리는 오브제는 태양, 그처럼 강렬한 태양을 동그라미와 작대기로 완성하며 대견스러워하는 것인데 불가사의하고도 황공 무지한 빛의 기호인 코로나가 마이크로 단위로 숨어서 적개심을 드러내니 어찌 자지러지지 않겠는가. 게다가 적을 제압할 때 깡패들이나 하는 짓거리, 입 닫고 꼼짝 말고 구구로 틀어박히는 것이 대처 방법이라니 하 어찌 수상한 세월이라 아니하리오.

네 개의 계절을 꼬박 틀어박혀 지내다 보니, 어릴 적 재재발, 재재발 떠들던 참새의 시절이 떠오른다. 옹기종기 모여 부산을 떨면 큰언니는 "합죽이가 됩시다. 합" 하며 손을 입으로 가져갔다. 덩달아서 '합'하고 입을 다물었을 것인데 기어이 푸흡, 웃음이 터져 나오곤 했다. 소리를 냈다 하면 곧바로 꿀밤이 날아오는데, 그 응징은 합법이었다. 뭐가 됐든 '제어'하는 것이 녹록하지 않다는 것을 그때 깨달았을까. 천장 보며 빈둥거리다 문득 그 놀이가 요즈음에서야 성취되는 예언만 같다. 과하다는 말은 그르다는 말에 기울어져 있으니 아무래도 잉여의 말과 헤픈 웃음, 그리고 사방팔방 팔랑개비처럼 나다니는 여행을 좋게만 보는 것이 아님이 분명하다. 염량(炎涼)을 다하여 삼가하지 못한 뒤끝이 이처럼 작렬이지 않은가.

별도리가 없어 '합'하고 '콕'하며 지내자 미쁜 것이 돌아오고 미운 것은 멀어졌다. 멸종된 줄 알았던 흰꼬리수리가 왕피천 계곡으로 돌아오고 남지나 해 어느 섬나라에서는 마젠타 난쟁이 물총새가 돌아왔다. 소문으로만 무성한 전설의 새는 금방 새 옷으로 갈아입은 듯 현란한 자홍과 은빛 깃털로 나타나 탄성을 자아내게 하고 베네치아, 물의 골목으로 돌고래가 찾아왔다는 전갈을 받았다. 관광객을 싣고 <산타 루치아>를 부르던 곤돌라가 멈추자 검은 물빛이 맑아진 것이다. 도심의 공기 질이 현저히 개선되었고 미세먼지 지표는 반가운 파랑이다. 이토록 자연의 귀는 유순하여 속히 듣고, 있어야 할 것을 본래의 자리로 신속히 돌려보내는데 인간은 아니어도 그만인 욕망을 경배하며 응당 그쳐야 마땅한 짓을 기어이 하려 드는가.

그것이다, 자연은 인간의 언어를 구사하지 않는다. 은은한 달빛 어법을 구사하는 것인데, 특히 '대낮을 사는' 사람의 귀엔 들어왔다가 곧바로 나가버리는 외국어이다. 태양의 빛을 받아야만 반사하는 달의 간접성은, 듣고 보고 문서화 하고 재검토한 뒤 서명에 날인까지 해야 직성이 풀리는 인간의 관습과는 판이하다. 지나가는 바람결 전언은 자체 발광을 획책하는 자에게 마이동풍일 수밖에 없다. 간접 화법을 구사하는 계통은 알아들을 사람은 바로잡고 아니면 대가를 치르라는 식인가. 나뭇잎을 흔들고 가는 바람은 보는 것이 전부가 아니라고 발 동동 구르다가 화가 났을까, 익히 보아왔으니. 돌풍으로 회오리로 거대한 태풍으로 으르렁거리지만, 장마철 내내 피어 올린 곰팡이를 말리는 바람의 본성을 긍정한다. 자연이라는 태생에 대해 아는 바가 적으니 섣불리 굴 수 없다. 동기를 살피기에 얕은수를 써서는 선의를 기대할 수 없다. 늘 그랬듯이 역사는 예상을 뒤엎는 방식으로 판도를 바꾸어놓고, 우리는 시를 읽는다. 잘 알려진 폴 발레리의 장시, 「해변의 묘지」 마지막 연 첫 행을 호출한다. "바람이 분다. 살아야 한다." 살아야겠다는 의지를 표명하는데 바람이 불고 안 불고는, 기실 중요하지 않다. 설령 고통이 매복하고 있다 할지라도 내 안의 가능성을 일깨워 기투할 패(牌)가 있으니. 확신은 바라는 것들의 보증된 기대일 것이니.

숨에 관한 단상

늘 그러려니 여겼던 숨쉬기가 새삼스러워지는 것이다. 탈 없이 숨을 쉬는 오늘이 문득 고마워지는 것이다. 대기를 폐장으로 빨아들이고 천천히 내뱉는 숨에서 바람 소리가 난다. 바람은 힘이 세지면 '휘휘' 회초리 소리를 낸다. 이응에 모자 쓴 히읗의 느낌을 선호하는 것은 바람만이 아니다. 하늘 하느님 허공 해 허깨비 헛기침 호흡, 그리고 공중으로 흩어지는 웃음들이 히읗으로 구성되었다. 비물질 지대에 복무하기를 기꺼워하는 히읗의 말발굽, 그 박차를 따라 달려볼라치면 헉헉 차오르는 숨이 생과 사의 갈림길을 모의한다.

절박하게 들이쉰 무형의 숨이 피톨을 이끌며 온 혈관을 돌고 돌아야 유지되는 생명, 무색무취의 숨이 돋을새김한다. 숨의 통로와 음식물이 들어가는 식도와 성대를 흔들며 나오는 목소리가 한통속인 것이 마음에 걸리고 산해진미를 먹어도 한 모금 들이쉰 산소가 내먹은 양분을 온몸 구석구석 나르지 않으면 살 수 없다는 사실에 그만 새우처럼 등이 구부러진다.

때때로 무색무취의 공기는 냄새로 말을 건다. 비강으로 스며들어 섬모를 간질이는 것인데 눈을 감고 걸어도 알 수 있다. 시장기를 돌게 하는 밥 냄새, 새싹의 길을 터주기 위해서 긁어모아 태우는 낙엽 냄새, 느린 소 울음소리가 없어도 외양간 같은 것이 가까이 있다는 걸 알게 한다. 마음을 기울여야 비로소 구체화 되는 속살거림에 밑줄을 긋는다. 감각 너머에 엄존하는 화법, 히읗의 수화는 얼마나 답답했을까. 구구하게 말하지 않아도 마음을 알아주길 바라며 울음을 터뜨렸던 아이처럼 북받친 것인가. 그동안 오래도록 앓았을 것인데 귀는 어둡고 팔다리 또한 게으르기 그지없었구나. 기어이 위중해진 지구의 겨드랑이에 끼워 넣은 온도계, 당신의 체온이 격렬하구나.

거리에는 얼굴들이 사라지고 있다. 검고 흰 마스크로 가린 얼굴은 정보를 제공하지 않는다. 사회적 거리 두기로 양성화된 익명성이 어디까지 내달릴지 모른다. 사람은 바이러스의 가능성이 되었기에 고분고분 외면하는 비애, 더는 미소를 짓지 않아도 되었다. 죽음의 그림자가 습기처럼 달라붙는 거리에 비는 참으로 오래도록 내렸다. 설령 사랑이 찾아온다 해도 반길 수 없는 절해고도의 섬이 된 경자년, 가을이 배달되었다. 가을이 희망인지 절망인지는 아직 모른다.

봄비

우산을 챙겨 들고 공원으로 향한다. 비는 조용조용 내린다. 가랑비에 속옷 젖는 줄 모른다는 딱 그런 비이다. 어제부터 내린 비의 축제가 계속 이어지고 있다. 나무와 풀, 막 피기 시작한 새순과 꽃들의 약동에 발걸음이 음악이 되었다. 비닐을 씌운 카메라를 들고 우비를 입은 몇 사람들이 아직 깨어나지 않은 성내천 어딘가에 앵글을 맞추고 있다. 걸음을 늦추고 카메라맨들의 시선에 잡힌 풍경을 눈으로 더듬어 본다. 갈대를 베어낸 밑동 사이로 얕은 흙물이 흐르고 있을 뿐이다.

나의 눈길을 사로잡는 것은 쥐똥나무에 매달린 연둣빛 빗방울, 개천 너머에서 하늘거리는 버들개지, 산수유 노란빛이다. 거친 지느러미가 삼각형 모양으로 붙어 있고 물기라고는 없는 죽은 것 같은 화살나무 가지에 연두 이파리가 꽃처럼 피었다. 그것을 한 가지 잘라 수반에 꽂으면 조형미가 근사할 것이다. 흐린 허공을 생동감으로 아련함으로 채우는 것은 콩배나무와 나무라는 말이 어울리지 않는 찔레의 친근한 이파리가 있다. 명자나무는 산수유 못지않게 이르게 핀다. 이파리와 꽃봉오리가 거의 동시에 나오는 그것은 붉음과 초록의 선명한 대비로 강렬하게 제 존재를 각인시킨다. 꽃에서 여성성을 찾는 것은 당연할 것이나 유독 산당화는 이웃집 누나 같은 이름 명자라고 부른다. 같은 마음일까. 일본에서는 아끼꼬, 러시아에서는 쏘냐로 불리는 양이 흥미롭다.

무엇보다도 인상적인 것으로는 흰말채나무가 있다. 여름에는 유야무야 잊혀졌다가 겨울부터 초봄까지 붉음으로 확연해진다. 가을의 주인이던 고운 단풍잎은 겨울을 나면서 탈색된 채로 새순에 의해 밀려날 판인데 그 너머에 무리로 있는 흰말채나무는 붉은 회초리가 퍼포먼스를 하는 듯이 이대원(1921~2005) 화가의 붉은 산, 또는 붉은 산의 회화를 연상시킨다. 특히 겨울에 흰말채나무를 본다면 하얗다는 의미의 접두어 흰,은 어불성설이요 시인들의 주특기인 반어 그 자체이다. 그 이름에 대해서는 여름이 되어야 비로소 이의를 달지 않게 된다. 하얀 꽃이 피는 까닭이다. 여름이면 붉은 줄기에 녹색이 섞여 어중간한 색으로 바뀐다. 새순이 돋기 전의 붉은 퍼포먼스는 살뜰한 기억력으로 호명하기 전에는 기억 저편에서 잊혀진다.

잘 찍은 흑백사진 같은 것으로 소태나무가 있다. 찾아온 봄을 맨발로 뛰어가 반기는 듯 잎보다 먼저 꽃을 피우는 개나리 진달래 산수유와는 다른 것 중에서 특히 소태나무를 눈여겨볼 만하다. 몸피가 매끄럽고 검정에 가깝게 가무스름하다. 둥치와 가지는 곧고 단호하게 뻗어서 다른 나무와 사뭇 다른 정취를 자아낸다. 소태나무는 지나온 시간의 견고한 약속이 남아 있나 보다. 미동 없이 비를 맞고 있다. 어제라는 늪에서 깨어날 때 잎이 먼저일까? 꽃이 먼저일까? 연둣빛이든 다홍빛이든 하양이든 본연에 몰두할, 폭죽처럼 터질 4월과 5월을 기다린다. 비의 밀도는 아까보다 더 치밀하다. 앞에서 걷는 남자는 우산이 없다. 나뭇가지에 송알송알 매달린 빗방울이 잠시 지체하다가 떨어진다. 원추리 촉이 두 마디쯤 자라고 비비추는 덩그러니 팻말만 있고 감감무소식이다.

어제는 3월 보름, 달은 뜨지 않았다. 유대력으로는 니산월 14일 유월절이다. 400년간 이방인 거주자로의 핍박이 끝난 날, 그때로부터 15세기 후, 이날은 물동이를 지고 가는 예루살렘의 한 남자의 다락방에서 만찬이 있었다.

방초

한 가닥 향내가 후각을 사로잡았다. 향이 이끄는 대로 시선이 따라가려니 여리디여린 두 닢 이파리가 반짝거렸다. 떡잎을 보면 안다더니 윤기가 유달랐다. 몸을 낮춰 들여다보지 않으면 있는 줄도 모를 고것에 향기가 없다면 눈여겨보았을까. 들숨에 뒤섞인 방초에서 진지한 약성이 폐부로 전해졌다. 여차하면 토라지는 몸이 먼저 알아차리고 반겼다. 햇살도 신나는 듯 새순 위에서 첨벙첨벙 뛰놀았다.

두 해 전, 당귀 열 뿌리를 심었다. 그중에 네다섯에서 잎이 나는가 싶더니 맥을 못 췄다. 돌아서기가 무섭게 껑충 자라는 거친 풀숲을 알뜰히 막아주지 못했다. 한겨울을 이겨내고 싹이 돋기에 이제는 잘 크려니 했는데 두어 개, 그마저 사라지고 이듬해 한 그루에서 꽃이 피었다. 여름과 가을 사이 미세한 공기의 변화 속에서 방사형으로 뻗은 꽃대궁에 자잘하니 하얀 꽃이 피었다. 폭죽처럼 터진 꽃은 활력이 넘쳤다.

초목을 들여다보는 시간이 늘어나면서 꽃 피는 일이 심상찮음을 알게 되었다. 사력을 다하는 절박함으로 다가왔다. 특히 여러해살이풀이 꽃을 피우는 것은 자발적으로 생을 마무리하기 직전의 피날레 같았다. 아니나 다를까, 올봄엔 당귀 있던 자리에 당귀를 찾아볼 수 없었다. 무엇이 힘들었을까, 내게 무슨 하소연을 했을까! 아는바, 당귀는 쌈으로 먹으면 봄을 먹는 것과 진배없다는 것뿐 그것의 생육에 대해서 아는 것이 별로 없었다.

돌이켜보니 방향에 리듬이 있었던 듯하다. 훅 끼얹듯이 향을 뿜어 발길을 사로잡은 이후의 방향(aroma)은 미미했다. 짙은 방향은 신생의 연초록 몇 점이 제 존재를 알리려는 의지의 발현이었을까. 향기로 발걸음을 붙잡아 제 존재를 알렸으니 향의 효용성을 낭비할 필요가 없어진 걸까. 논배미의 벼가 농부의 발소리를 들으며 자란다지 않던가. 초목도 자의식이 있으려나? 분명한 건 자기 긍정적 식물과 자기 부정적 식물이 발소리를 듣고 나타내는 반응이 다르다는 것. 발소리에 성장을 촉진하는 긍정의 것과 갱신을 못 하는 부정적인 것으로 대별될 것이다. 세계와 호응하는 약성은 본연의 선의로 존귀하다.

세계는 인간의 언어를 구사하지 않는다. 자연은 언어 이전의 생태로 말한다. '그것을 간파하고 마다마다에 부응하는 것이 인간의 몫이다'에 밑줄을 긋는다. 지난해 힘차게 꽃을 피운 본연에서 태어난 새싹들이 어찌나 반갑던지, 그러나 고것들이 뿌리를 내린 곳이 파쇄석 틈새였다. 기특한 생명력을 가만히 들어 올려 옮겨 심었다. 당귀(當歸)가 돌아왔다.

인중(人中)에 대하여

순간 코밑으로 작열감이 번개처럼 스친다. 조밀한 가시가 다발로 박힌 것 같은 열감에 차선 변경을 하려다가 급히 핸들을 푼다. 그 찰나에 옆 차선의 자동차가 빠르게 스쳐 지나간다. 클랙슨에 버금가는, 위급함을 알려주던 작열감 훅하니 올라오는 뜨거운 기운은 점차 소진되었으나 생소한 감각은 의식에 새겨졌다.

코밑이 뜨거워지는 일이 처음은 아니었다. 코밑의 작열감은 그때만 해도 낯선 감각이었다. 모든 돌기가 곤두서서 모든 감각을 일깨우는 반사 작용은 등골과 뇌수만의 담당이 아닌 거였다. 그에 버금가는 오감의 신경계가 집중된 얼굴, 너무나도 강렬한 이목구비에늘 간과되는 배경 같은 입언저리가 반사 작용을 한다는 것이 새삼스러웠다. 인중의 언저리에 서늘한 소름이 번지다 사그라든 여운이 마치 비상벨이 울리는 것 같았다.

못갖춘마디 같은 곤충의 안면에 더듬이가 있긴 하다. 딱히 아가리 주변이라고 하기에는 난해하나 물고기는 대체로 그러하다. 안테나처럼 길게 뻗은 더듬이는 그것들의 레이다이다. 위치와 거리를 가늠하여 힘의 완급을 조절하는 데 필수 기관이다. 뿔이 위상을 표출한다면 더듬이는 위험을 감지하여 제 생명을 보호하는 기재이다.

사람의 인중은 더듬이에 해당하는 감각이 잠재된 듯하다. 들숨과 날숨이 드나드는 숨길이며 먹이를 물어뜯는 이빨을 감추고 있는 윗입술에 연결된 그것의 호칭은 인중(人中)이다. 사람의 중심이라는 말이다. 사실, 중국에서 붉은 수염은 초자연적인 힘과 용기를 지닌 것으로 받아들였다. 코밑과 아래턱에 난 풍성한 수염은 짐승의 머리에 돋은 뿔에 맞먹는 권위와 위용의 은유이다. 낯선 별에 도착한 사람이 그곳에서 권력자를 찾으려 한다면 풍성한 수염을 지닌 연로자를 주목할 것이다.

문명화된 이후의 현대성은 남자의 얼굴에 난 털을 면도할 것을 요구한다. "면도기는 칼날이 표면으로 노출되지 않게 디자인되어 있지만, 면도기의 물리적 본질은 예리한 '칼' 이상이 아니다. 면도기는 신체에서 가장 먼저 직관적으로 파악되는 얼굴에 칼을 댐으로써, 야성의 표식을 질서화된 사회의 표지판으로 변형시킨다. 면도한 얼굴은 사회적 질서를 존중하겠다는 공인인증서 같은 것"(크리스

토퍼 올드스톤 모어, 『수염에 관하여』).

인중 언저리와 턱밑, 양 볼에 포진된 반사 감각은 오감이 직결된 얼굴의 주요 기관을 보호하는 전초 기지라면 수염은 깎아버려야 할 무엇이 아니라 나름의 기능이 있다는 설정을 지지한다. 남성의 면도는 사회적 기의에 의해 본래의 기능이 간과된 셈이다. 수렵 생활이 생계의 수단이었을 시대에는 입언저리의 무수한 촉수는 바람에 실려 오는 흐릿한 냄새며 작은 바스락거림도 감지하는 외부로 노출된 말초 신경인 셈이다.

생존 양식이 달라진 현대인의 수염은 야수성을 상기시키는 거북한 것으로 여겨진다. 사회적 관념에 거세당하였음에도 수염은 여전히 자란다. 아침마다 면도하여도 어느새 자라는 수염은 테스토스테론의 은유인가. 들숨과 날숨이 드나드는 콧구멍 아래 낮은 골짜기, 인중에 수렵의 시간이 새겨져 있다.

시의
길목에서

무턱대고 시를 쓴 지 수년이 지난 어느 날, 불현듯 시란 무엇인가라는 질문을 비로소 하게 되었다. 시가 무엇이어서 나를 장악하는 것인지 연유를 묻는 것이다. 어디서고 적응력이 떨어지는 자가 그나마 견딜 만한 곳이 시의 품이라고 쉼표를 찍어두었다. 그러나 시는 나의 차선책이다. 최선의 길은 너무 가팔라서 오르지 못하고 시의 그늘에 주저앉아 손끝에 남아있는 조촐한 감각을 몇 줄의 글로 붙잡아두는 것이다.

시는 순간에서 발아한 생물이다. 다가온 시적 순간을 포착하는데 등한시하면 태반이 그대로 사라져버린다. 사라진 시상이 다시 찾아오는 경우가 없는 것은 아니다. 제 삶을 담보한 시상일 때 표현하려는 강렬한 욕구는 일관성 있게 자아의 표층을 두드린다. 그럴지라도 전번 것과 양상은 다를 수 있다. 바슐라르는 "순간이야말로 참으로 시간 고유의 성격을 지니며, 그것이 포에지"라고 했다. 우리의 삶에서 때때로 순간이 얼마나 강렬하였던가. 때로는 병리적이며 강박적인 순간들이 그러나 문학의 토양이며 한 인간이 위치한 지점을 찾아내는 GPS이다. 개개의 삶을 담보로 한 시상은 태중의 아기이며 태어나 생명을 얻어야 할 소명 아래에 있다. 적어도 시인 당사자에게는 그렇다. 영화, <일 포스티노>에서 우편배달부, 마리오가 그랬듯이, 더 이전에 파블로 네루다가 말했듯이 시는 그렇게 찾아오는 것이다. 파도처럼 출렁이는 포에지는 내면에서 농익어 나올 때 울림이 증폭된다. 울림은 시의 생명력을 좌우한다.

시는 인간의 조건에서 반사하는 그 무엇의 형상이다. 시는 사적인 지대에서 그 자양분을 얻는다. 시는 전적으로 인간에게 주어진 조건 속에서 파생하는 감정을 수용한다. 사적 감정을 수용한다고 하여 여과 없이 감정을 배설할 수 있다는 말은 아니다. 배설물은 사람을 불쾌하게 만든다. 형식은 상황을 담는 그릇으로 소재에 맞는 형식은 시를 빛나게 한다. 미학은 자연이나 인생 및 예술 따위에 담긴 미의 본질과 구조를 해명하는 학문이다. 따라서 사적 감정을 시화하는데 미학적 구조는 다양하다. 슬픔의 미학, 추함의 미학, 구조 미학, 찰나 미학, 심미학, 규범미학, 아픔의 미학 등등, 무한 증식이 가능하다. 그것이 무엇이든지 원형질을 찾고 현실적 양상을 담아낸 결과물은 미학의 범주에 속한다 할 것이다. 인간의 본질과 조건과 현상계에 노출된 자아가 경험을 바탕으로 갖게 된 인식은 모종의 감정의 파고를 갖게 한다. 어떤 상황에 함몰되지 않고 자기 정서를 객관화시킬 수 있다는 것은 도피처이다. 옥타비오 파스가 『활과 리라』 서두에 기술한 "시는 앎이고 구원이고 힘이며 포기"라는 문장을 지그시 응시한다. 시는 생래적으로 주관적 토양에서 자라지만 성찰을 숙주로 하는 까닭에 적어도 자기 객관화가 가능하다. 그것은 위로이며 그러한 측면에서 시는 어머니이며, 물 위에서 반짝거리는 윤슬이다. 그것은 천 개의 눈을 가진 독자이기도 하여 공감대가 이루어지는 지점이다. 또한, 맨살에 직접 닿아도 껄끄럽지 않고 쾌한 느낌을 주는 면 소재로 만든 이너웨어다.

시의 체질은 물질적 언어를 선호한다. 고유한 성질이 훼손되지 않은 상태의 사물들, 원시성을 선호한다. 토속적 언어는 분화하지 않은 사물의 원형을 보유하고 있다. 물질이 원형을 지향한다는 것은 고유한 본성과 의미를 찾아내는 것이다. 물물의 세계에서 감각의 존재로 살면서 물질세계에 반응하는 순간에 시가 살아난다. 문명화된 모습이 아니라 본질 그대로의 모습을 찾고자 할 때 시는 활기를 얻는다.

어머니의 젖무덤에 얼굴을 묻고 듣는 들숨과 날숨이며, 세수하고 얼굴을 닦을 때 쓰는 마른 수건이다. 아침에 마시는 한 잔의 우유에도 있고, 방금 물속으로 뛰어든 개구리의 첨벙하는 소리에도 반짝인다. 빗금으로 떨어지는 오후 4시의 햇살이며 습기 찬 곳에 돋는 이끼이다. 절 마당에 떨어진 개살구이며 애인과 방금 헤어지고 먼저 발걸음을 떼지 못하는 순간이고 비 온 뒤에 보도블록에서 말라가는 지렁이이다. 냇가에 불었던 물이 줄어들어 모래톱이 생겨나고 햇빛에 달은 자갈돌에 맨발이 허둥대는 한여름이다. 비행기 소리는 들리지 않는데 비행운이 일직선으로 남아 있는 빈 하늘이다. 물렁물렁하고 자칫하면 스크래치가 생기는 여린 살갗이다.

살과 살을 잇는 탯줄 같은 것으로 몸의 언어들은 시적 환기력이 크다. 눈으로 보고 냄새 맡고 감촉을 느끼고 소리로 듣는 감각이 인지한 세계에 귀의한다. 옥타비오 파스가 내린 시의 정의는 인상적이다. "시는 경험이며 느낌이고 감정이며 직관이고 방향성이 없는 사유이다…. 시는 세련된 형식을 사용하여 말하는 기술이자 원시적 언어이다." 이 물렁물렁한 태생의 시는 그러나 "세상을 변화시키는 것이며 시적 행위는 본래 혁명적인 것이지만 정신의 수련으로써 내면적 해방"을 수행하는 힘을 지닌다.

관념은 순간의 태생이 아니다. 누적된 시간을 거치면서 다져지고 때도 묻고 불같은 시간을 통과하면서 단단한 개념으로 자리매김을 한 생물이다. 관념적이고 추상적인 언어로 점철된 시어는 삶에서 길어낸 것으로 인정하려 들지 않는 학습에 의한 것으로 보려는 경향이 있는 것 같다. 어떤 계보를 이어가는 것으로 여기지만 또한 영혼의 현을 울리는 새로운 소리를 듣고 싶어 하는 것이다. 시는 관념 이전의 새로움으로 생기를 얻는다. 프랑시스 퐁쥬는 기존의 관념론을 거부하고 허울뿐인 말을 저항한 것이 그의 시의 본령이라고 하였다.

인간은 선택권 없이 세계에 던져졌다. 국가와 시대, 부모 형제와 환경, 건강과 성격, 무엇 하나 선택에 의해 주어진 것이라고는 없다. 주어진 조건은 불공정하고 삶은 일종의 미션이다. 미션의 출처에 대해서 각기 다른 정보를 제공할 뿐이다. 그물코에 걸린 물고기처럼 수족관의 물이 바닷물일지라도 바다를 그리워하듯이 원형으로의 회귀를 꿈꾼다. 먼 과거는 오리무중이거나 추측이 가능할 뿐이다. 미래는 현실을 간섭하고 협박한다.

시와 불교의 친연성

여느 종교와 비교해볼 때, 시의 본령과 불교적 사유는 각별함으로 구별된다. 여타의 종교적인 관점으로 접근하면 시는 자칫 도그마의 색채를 띠게 된다. 그러나 불교적 사유와 시의 합치는 자연스럽다. 특히 선시(禪詩)는 언어를 부정하는 불립문자로부터 출발한다. 언어에 뒤따르는 사고 작용마저 선은 용납하지 않는다. 선(禪)은 오직 직관적인 깨달음을 강조하고 있다. 따라서 관념의 바다로 흔적도 없이 사라져버릴지도 모르는 그 깨달음의 섬세한 느낌을 전달하는 데에는 시가 제격이다. 시란 언어의 설명적인 기능을 최대한 억제하는 비언어적인 언어이기 때문이다.

불교에서는, 만물에는 각각의 불성이 있다고 한다. 이는 시와 상통하는 점이라 하겠다. 시는 뭇 생명이나 무생물의 숨결과 앉음앉음을 인간의 감수성으로 수렴한다. 아니 소리 없는 소리를 듣고 번역해내야 하는 것이 시인에게 부여된 소임이 아니겠는가. 시인의 직관은 대상의 소리 없는 소리와 눈으로 본 감촉과 입체적 시선으로 포착된 순간을 함축된 언어로 결박한다. 그 결과물이 시의 산물이라고 할 것이다. 시인이 불성이라는 말을 따로 별첨에 붙이지 않았다 할지라도 그러하다. 폐사지에 흩어져 있는 기와의 파편이나 돌탑에서 고대 유적지의 폐허로 남은 돌기둥과 석양빛에 기댄 그림자에서 그것의 표정과 침묵과 비명을 읽어낸다. 구름의 움직임에서 바람의 속도를 짐작하고 다양한 과일의 맛에서 세계가 우리에게 권유하고 우리를 부양하고 우리에게 약속하는 소리를 그 둥긂 속에서 감지한다. 어김없이 찾아오는 계절의 한결같음과 질서 안에서 변화무쌍한 계절의 표정은 인간의 심리 구조를 반영하는 듯하다. 생명 있음과 생명 없는 사물을 수평적 관계 선상에 놓고 그것들과 소리 없이 소통한다. 침묵하는 것들에 귀 기울이고 문자 없는 것을 문자화하는 것은 불성에 대한 인식의 전제하에서의 시인의 무의식적인 발현이라 하겠다.

불성이란 무엇인가. 불종성이라고도 하는 불성은 이미 제 안에 지니는 것이다. 모든 중생이 불성을 지니고 있으므로 부처가 될 가능성을 말한다. 이러한 불성 사상은 중생의 마음은 번뇌의 때에 가려져 있지만 본래 맑고 깨끗하다는 원시 불교의 교설에서 유래한 것이다. 『열반경』은 "모든 중생이 본래부터 불성을 지니고 있다"(一

切衆生悉有佛性)고 명시한 최초의 대승 경전이다. 이 경전에서는 불성을 '이마의 구슬'에 비유하고 있다. 일설에 의하면 어떤 장사가 씨름하다가 미간에 달려 있던 구슬이 피부 속으로 박혀 들어간 것을 모르고 잃어버린 것으로 잘못 알고 있다가 나중에 의사가 이 사실을 알려줌으로써 소중한 보배 구슬을 잃지 않았음을 알게 되었다는 것이다.

이런 관점은 인간 본연의 정신 활동에 주의를 집중시킨다. 인간은 신뢰할 만한 존재가 되고 어쩌면 인류의 문제를 해결할 모종의 열쇠를 인간 스스로 찾을 수도 있다는 희망에까지 이르도록 자신감을 부추기며 사유의 영역을 확대한다. 인간의 조건을 갱신하도록 하는 힘이 이 지점에서 활성화되는 것이다. 이는 처지와 상황이 어떠하든지 상관없이 생명의 환희에 동참하도록 하며 살아볼 만한 무엇이 되게 하는 힘을 받는 지점이다. 인간 본연의 정신 활동은 누구와 또는, 무엇과 같아질 때 활성화되는 것이 아니라, 고유한 각각의 태성이 제도와 특정 사상과 관습의 눈치를 보지 않을 때 활발해진다. 직관이 전광석화처럼 번쩍거리고 우후죽순처럼 자랄 때 본디 있는 불성에서 희망의 열매를 기대할 수 있지 않겠는가.

시는 직관의 산물이다. 사물의 매개자로서 시인은 객관적 묘사를 실현하려 들지 않는다. 시인은 자기 심상과 시선을 투영하여 주관적으로 적어나간다. 통찰력으로 빛나는 독보적 주관성은 객관적 세계를 선도한다. 이는 과학의 세계와 논리적 사고와 이성이나 공식으로 산출되는 세계와는 별개의 토양이다. 그것은 직관과 통찰력과 비논리와 무의식에 그 뿌리를 두고 있다. 그것은 처음부터 지닌 것으로 불성이라 명명되는 지대와 맞물려 표면화된다. 그것은 별처럼 영롱하지만, 아침이슬처럼 사라지는 순간만을 산다. 그것은 선(禪)의 잠정적 고요에 긴장하며 알쏭달쏭한 수수께끼이고 은유와 상징의 대지에 발을 딛고 있다. 불성은 개성을 존중하도록 만든다.

하나에 하나를 더하면 둘만이 아니라 하나가 될 수도 있고 열, 혹은 백이 될 수도 있다는 비수학적 비논리의 지대에 위치한다. 인간의 의식과 행위에서 발견되는 비논리적 현상을 인식한 서양의 석학들이 동양적 사유의 패러다임을 주목하기 시작하였다. 이성을 근간으로 한 과학적 사고가 가져다준 물질의 풍요와 합리성에 의문을 품게 된 것이다. 기능주의적 편리함과 육체적 안락에도 불구하고 빈곤해지는 사유를 점검하며 불교와 노자 사상을 대안으로 삼으려는 시도들을 목격하게 된다.

백인(百人)이 백색(百色)이므로 개별적 이해를 요구하는 것이다. 따라서 해답은 언제나 나 자신에게 있다는 지점으로 귀결된다. 이런 결론 앞에 당면하게 되면 존재는 세계 앞에 혼자라는 새삼스러움에 당황한다. 치열한 삶의 현장에서 모든 존재는 그것이 유정이든 무정이든 그만의 존재 이유가 있는 것이고, 법(法, Dharma) 즉, 진리의 정체성을 지니고 있다고 보는 것이다. 상승으로 향하는 인간의 자기견인 능력은 개별성이 존중받을 때 찬란해질 수 있다. 바로 주관성을 부양하는 시의 역할이 숨구멍을 터준다 하겠다. 이렇게 한 시인의 오감과 사유와 정신을 관통한 어떤 대상은 비로소 대문자 세계가 된다. 김춘수의 특별해진 '꽃'이 되는 것이다. 문자화되지 않은 순간은 곧 유야무야된다. 아니 없는 것과 다름없다. 그러나 순간의 복원이 많으면 많을수록 그만큼 자아의 발견과 세계적 확장의 울림이 증폭된다. 그것은 시의 속성과 유사성을 보이며 세계에 던져진 인간이 조건과 대결하는 불굴성에 의해 확보된 휴식을 제공하는 그늘이다.

이러한 긍정적인 시각에도 불구하고 우리는 세계에 내던져졌다는 느낌 또한 여전하다. 정반합의 터널을 빠져나온 존재는 작은 것 약한 것 부드러운 것으로 표상되는 아니마에 주위를 돌린다. 그곳에서 시는 물처럼 낮은 곳을 향한다. 젖을 물리던 어머니가 들려주던 자장가처럼 어느덧 체질이 된 살아 있는 언어를 선호하며 분화되기 이전의 태초의 원형질로 만나는 세계를 사무치게 그리워한다. 원형으로의 나, 언어 이전의 나를 만나는 것을 희원 하도록 시는 추동한다. 부모나 사회에 의해 간과되었던 나, 잃어버린 나만이 고유함을 만나서 귀 기울여 들어주고 무아가 자아로 분화되지 않은 원형질로의 자아가 열망하는 쪽으로 슬쩍 등을 밀어주고 싶다. 관습과 세월의 더께를 벗겨내었을 때의 처음 상태에서 잃어버린 것이 무엇인지 알고 싶고 존재가 자유의지 이전의 조건과 대면하고 자아 이전의 무아를 만나고 싶어 한다. 이러한 조각들은 세계의 무의식을 복원하는 퍼즐이다. 모든 존재에는 그 나름의 존재 이유가 있다는 인식은 나 아닌 너에 대해 존중의 개념이고 평등사상을 고취한다. 이는 본래의 생존 양식을 파괴해서는 안 된다는 것이다. 따라서 유정과 함께 무정까지도 최상의 상태가 되어야만 한다는 것이다.

존재를 위한 몸의 정치학

<존재를 위한 몸의 정치학>이란
주제는 심신 이론원의
뿌리를 더듬게 했다.

1

보통, 몸과 마음이 별개라는 전제는 근대 합리주의 철학자이며 수학자인 르네 데카트르에게서 출발점을 찾는다. 그는 의료 활동을 하지는 않았지만, 당대의 어떤 의사보다 당시와 후학들에게 커다란 영향을 끼쳤다. 그가 피력했던 심신이원론은 "정신과 물질은 완전히 분리된 속성을 지녔으며 각기 독립적으로 존재한다"는 것이다. 그러한 관점으로부터 보호를 받는 것은 무엇일까? 엄밀히 말하자면 심신 이원론의 뿌리는 깊다. 플라톤 역시 심신 이원론을 주장하였다. "인간 활동은 정신과 신체라는 두 개의 실체로 구성되어 있으며, 진정한 지식은 합리적 영혼이나 정신에 의해서만 이루어질 수 있다. 그에 비해 신체는 감각이라는 불완전한 것에 한정되어 있다" 하였으나 이 또한 온전히 플라톤으로부터 유래되었다고 말할 수 없다. 인류 시초에 제기된 쟁점 즉 인간의 속성에 대한 상반된 관점 중 하나인, 몸은 죽어도 영혼은 죽지 않고 어디에서 어떤 모습으론가 지속적으로 영위한다는 영혼 불멸설에 걸출한 석학 플라톤이라는 상표를 붙여 철학의 영역으로도 리메이크했을 뿐이다.

데카르트를 수식하는 문장은 "코기토 에르고 숨"(Cogito ergo sum, 나는 생각한다 그러므로 나는 존재한다)이다. 그러나 '나는 생각한다'는 방법서설을 앞서 발언한 사람이 있다. 데카르트보다 천여 년도 훨씬 전에 살았던 아우구스티누스이다. 진리는 알 수 없는 것이라는 회의주의자 '아카데미아 학파'를 반박하면서 한 말이다. 곧 "의심하는 나는 존재한다"는 것인데 그의 '코기토'가 신의 존재를 증명하는 출발점이라면 데카르트의 코기토는 신으로부터 독립된 주체라는 점을 부각하였다. 이는 근대 철학을 이끄는 핵심 명제였다. '나'라는 자아가 주체적으로 사고할 수 있고 어떤 지식에 도달하여 무언가를 이루어낼 수 있는 능력이 내 안에 내재되어 있다는 것은 중대한 발견이다. 데카르트에게는 타고난 능력, 즉 본유

관념(innate idea)이 어디에서 연유하고 있는가는 중요하지 않았다. 이성적 힘이 내 안에 있고 내 안에 있는 그 지식의 원천으로 인류가 스스로를 구할 수 있다는 데 초점이 맞추어졌을 뿐이다.

근본적인 사안은 덮어 두었지만, 데카르트의 코기토 명제가 대두된 시대는 르네상스라는 토양에서 성장하였다. 르네상스는 인간의 재발견과 인간의 이성적 능력에 대한 각성을 열어주었으며 근대를 견인하는 동시에 중세의 종식을 가져온 전환점이었다. 근대는 과거와 구별 지으려는 역사의식을 내포하고 있는 용어다. 근대의 이념과 독특성은 18세기에 발생한 계몽주의에서 가장 잘 나타난다. '근대'란 푸코의 말을 빌리면 "계몽을 문제 삼는" 시기로 빛을 비추는 행위라고 하였고 칸트의 표현을 빌리자면 미성년의 상태에서 벗어나 다른 사람의 도움 없이 자신의 이성을 사용하는 것을 뜻한다. 신의 섭리가 모든 것을 결정해주던 중세인과는 달리 근대인들은 자신에 대해 스스로 묻고 결정해야 했다. 인본주의 시대를 연 합리적인 원칙들의 발견으로 철학적 사유의 영역에서만이 아니라 자연과학의 세계에 대한 정보들을 연역해낼 수 있다고 믿었다. 코페르니쿠스의 지동설을 갈릴레이가 확증하였고 신대륙 발견과 문예 부흥, 종교 개혁, 활자의 발명, 프랑스 혁명, 산업 혁명, 과학의 진보 등 일련의 역사적 사건들은 중세와 근대를 가르는 준거였다. 과학적 진보와 함께 산업화가 생산력 증대와 생활 수준의 향상으로 진일보할 수 있다는 믿음이 생겼고 어제보다 오늘이 낫고 내일이 오늘보다 나으리라는 기대가 생겼다. 그런데도 근대에 대한 회의론이 고개를 들었다.

2

인간의 이성에 대한 신뢰, 즉 인본주의가 새로운 시대를 열었음에도 다각적으로 문제가 제기되었다. "계몽주의가 자연 및 사물을 인간이 지배하는 대상으로 전락시켰으며, 결과적으로 인간 자신도 사물화하여 지배 대상이 되었다"고 아도르노는 말한다. 계몽적인 인식은 인간의 고유성을 부인하고 개체로의 인간을 일반화시킴에 따라 계몽 인식은 인간의 자기 소외로 이어진다고 보았다. 이러한 관점은 탈근대 현상으로 나타나기 시작했으며 탈근대적 문제 설정은 근대의 대체물이 아니라는 함의를 내포하며 인식론적 성과에 기초하고 있는 점에 유의할 필요가 있다.

"이성주의의 형이상학은 인간의 본질에 대한 관점에서 몸은 비

본질이며 기계의 문양이나 장식처럼 제거되어도 무방한 부록"(서영채, 『인문학의 개념 정원』)이었다. 이런 관점에 대한 반발이었을까, 신체의 탐구에서 의문은 증폭되었다. 프로이트는 몸은 '억압된 것의 회귀'처럼 증상으로 출현한다고 임상적 결과를 제시했다. 근대에서의 몸은 진짜 몸이 아니라 이성의 명령에 따라서 표준화되고 규격화된 몸이었다. 달리 말해 근대의 몸은 체계적으로 억압받는 것이었다면 탈근대적 몸은 그렇게 합리화되기 이전의, 제도에 가공되기 이전의, 실재의 몸에 관심이 집중되었다. 몸을 메커니즘으로만 인식하는 것은 실존을 소외시키는 것이라는 동의보감식 관점은 의료인문학을 주도하며 인간 본연을 드러내며 직관을 검증한다.

3부

푸른 별의 조연들

반추에 관하여

쓸모

'쓸모'라는 개념이 싹텄을 시초를 상상한다. 나무 잎사귀나 모피로 아무렇게 아랫도리만 겨우 가린 남자가 등장한다. 그는 뾰족한 돌을 집어 들고 그것을 이리저리 돌려보며 갸우뚱거린다. 날카로운 돌조각으로 동물을 잡는 촉으로 쓰면 좋겠다는 생각을 실행에 옮기고자 했을 때, 마침내 그것을 사용하여 가족을 먹여 살릴 무언가를 잡은 남자의 입가에 회심의 미소가 스치고 지나갔을 때, 그리고 머잖아 돌칼이나 부싯돌을 생활 도구로 사용하기에 이르렀을 때, 쓸모라는 개념이 최초로 구체화 되었을 것이다. 쓸모를 찾는 지속적인 시선에 의해 대상화된 사물은 쓸모 있음과 쓸모없음으로 이분화되기 시작했을 것이다. 언제부턴가 야생의 닭을 가두어 기르고 들소를 잡아 길들이기 시작했을 것인데, 멍에를 걸고 밭을 갈도록 소를 몰았을 것인데, 하고많은 짐승 중에 인간의 필요에 부응

했던 소는 애완동물과 달리 살아서는 죽도록 일하고 젖을 나누고 죽어서는 살과 뼈며 가죽까지 어느 것 하나 버릴 것 없이 모든 것을 인간에게 제공한다. 쇠고기를 씹으며 막무가내 소를 위해 울고 싶다.

그것이 반추 동물이라는 데 방점을 찍는다. 반추한다는 것은 되돌아봄이다. 지난 일들의 현재화로 다음 행보에 영향을 미치게 하는 것인데, 곱씹는 와중에 선명해졌을 그 무엇, 인내만이 방편이었을 것인데, 아무튼지 꾹꾹 참았을 것인데, 교집합에 해당하는 의무를 저버리지 않는다는 것인데, 결국 자기 본위, 자기중심에서 멀어지는 것인데, 전체 속의 부분이 되어 단순해진다는 것인데, 그러니까 결국은 희생하는 것인데, 슬픔을 제 몸에 쟁이는 것인데, 적어도 소의 반추는 그러할 것이다.

쓸모의 대상은 타자의 필요에 따라 대상화되어 사용되는 것이다. '쓸모'의 이편과 저편에 '이용'과 '소용'이 있다. '이용되다'라는 수동적인 입장이면 졸지에 피해 모드로 바뀐다. 이용은 이익을 얻기 위해 무언가를 대상화시키는 것으로 비즈니스 세계의 작동 원리이다. 이용이 잉여적이고 탐욕에 기여 하는가 하면, 소용은 일종의 service이며 usefulness로 자기 보전의 일환으로 시작된 향유요,

문화 생성의 동력이다. 무엇에 소용되는 것은 유기적 관계를 이루는 데 중요하다. 각각의 역할을 다함으로써 유기적 관계는 전체 속의 부분, 그리고 부분으로 이루어진 전체로 서로에게 먹히고 먹혀 서로를 살리기에 이른다. 서로의 소용에 기여하지 않는다면 다 함께 공멸하는 지경에 이를 것이다.

소

'인간에 의해 이용 또는 소용의 목적에 기여 하는 가축화된 동물'에 밑줄을 긋는다. 그중에서 솟과에 속하는 동물들을 반추하고자 한다. 물론 이 글은 육식 습관을 비난하는 것도 아니요 새김질하는 집짐승을 대변하는 것도 아니요, 이 지구상 어느 지역의 사람들처럼 소를 찬양할 의도는 더더욱 없다. 다만, 어쩌면 그럴 것이다 아니 그랬으면 좋겠다는, 소를 맛있게 먹는 자의 대수로울 것 없는 신경질이요 때로는 유사한 처지에 놓일 수 있는 불안에서 출발한다. 도무지 새김질하는 이들 짐승은 짐승으로 태어났으면 짐승처럼 막무가내 살 것이지 제 가여운 것은 잊어버리고 정(情) 따위는 있어서 종(種)이 다른 목숨에게 제 살과 젖을 내어주는 것이다. 인간의 필요를 감당하는 그렁그렁한 눈빛에 많은 말들을 담고는 겨우 음매 소리를 내는 것이 고작이다. 생사여탈의 권한을 인간에게 위임하고는 답답한 듯 한 번 더 '음매~' 길게 덩어리 말을 쏟아낼 뿐이다.

소의 커다란 눈은 무언가 말하고 있는 듯한데
나에겐 알아들을 수 있는 귀가 없다.
소가 가진 말은 다 눈에 들어 있는 것 같다.

말은 눈물처럼 떨어질 듯 그렁그렁 달려 있는데
몸 밖으로 나오는 길은 어디에도 없다.
마음이 한 웅큼씩 뽑혀 나오도록 울어보지만
말은 눈 속에서 꿈쩍도 하지 않는다.

수천만 년 말을 가두어 두고
그저 끔벅거리고만 있는
오, 저렇게도 순하고 동그란 감옥이여.

어찌해볼 도리가 없어서
소는 여러 번 씹었던 풀줄기를 배에서 꺼내어
다시 씹어 짓이기고 삼켰다간 또 꺼내어 짓이긴다.
— 김기택, 「소」 전문

시인은 소가 되새김질을 하는 것을 "어찌해 볼 도리가 없어서/ 소는 여러 번 씹었던 풀줄기를 배에서 꺼내어/ 다시 씹어 짓이기고 삼켰다간 또 꺼내어 짓이긴다."고 보았다. 쇠귀에 경 읽기라는 말이 있지만, 소는 인간의 뜻을 새겨들을 줄 안다. 특히 슬픔이 깃든 음역을 잘 듣는데 한숨 소리라던가 힘이 부칠 때 내는 소리 따위를 일곱 개나 되는 제 위장 속에 쟁여두었다가 되새김질하며 제 발목을 스스로 잡는다. 소는 안타까운 인간의 눈빛도 읽을 줄 안다. 사람이 제 몸집보다 작고 힘이 약하지만, 꾀만큼은 감당할 수 없음을 또한 안다. 때때로 콧김을 내뿜으며 근질근질한 뿔로 들이받고 싶을 때가 없지 않을 것이나 그럴 때마다 제 위장에 쟁여둔 인간에 대한 동정심으로 충동을 가라앉히곤 한다. 소의 동정심은 스스로에게 지우는 멍에이다. 힘이 세니 도망치거나 저항할 수 있을 텐데 소는 뿔이 두 개나 있으면서 덩치는 또한 산만치나 큰 데도 고분고분, 그렁그렁하기만 하다. 하기야 야수보다 더한 인간의 손아귀에서 빠져나간다는 것이 호락호락하진 않겠다.

뿔

르네상스 시대의 유명 화가 미켈란젤로가 조각한 '모세' 상을 보면 모세의 머리에 뿔이 있다. 이스라엘 백성과 이집트를 탈출한 모세가 십계명이 쓰인 돌판을 들고 시나이산에서 내려왔을 때 그의 얼굴이 환하게 빛나고 있었다. 그때 사용된 동사 '빛나다'를 두 가지로 해석하는데 '영광스럽게 되다'와 '뿔이 나다'가 그것이다. 뿔은 강함과 은총의 상징이며 어떤 초자연적인 힘의 증거로 받아들인다. 소목 사슴과에 속하는 수사슴의 멋진 뿔은 제 목숨을 보전하는 면에서 불리하다. 적들의 눈에 잘 띄어서 표적이 되기도 하거니와 나무에 걸린 뿔로 말미암아 목숨을 잃기도 하기 때문이다. 사방에서 목숨을 노리는 사나운 짐승들을 따돌리고 먹이를 구해서 제 몸을 보전해야 하는 절명의 순간에 뿔은 여간 거추장스러운 것이 아니다. 하지만 뿔은 지칠 줄 모르는 이상주의자처럼 고고하다. 우주의 정기를 담아내고 있으며 상상력을 동원하자면 우주정신의 원소가 깃들어 있을 듯하다. 추상적인 뿔의 위용은 미래지향적이다. 여기 아닌 그 어디이다. 고대에는 왕이 되면 머리에 기름을 부어주었는데 황소의 뿔에 기름을 담아 부어주었다고 전한다. 형이상학적인 뿔이 미천한 것의 머리에 솟아서 정신세계, 즉 의미와 가치를 표상한다. 뿔은 의로움을 상징하기도 하고 악마적 이미지와 결부되기도 한다. 뿔이라는 물질이 비물질적 세계의 메시지를 수신하는 안테나일 것인가.

인도에서는 현시대에도 소를 숭배한다. 소 숭배는 인도만의 고유한 전통이 아니다. 40일 동안 모세가 시나이산에서 내려오지 않자 이스라엘 백성들은 그를 기다리다 못해 그들의 금붙이를 녹여 금송아지를 만들어 광란의 숭배 의식을 치렀다. 수메르의 주신인 마두룩은 '빛의 황소'로 여겨졌으며 그 당시 주변국에도 소 숭배가 널리 퍼져 있었던 듯하다. 이집트의 태양신 '라'가 황소의 모습이고 그리스의 주신 디오니소스의 머리가 황소이다. 인도의 태양신 '아그니' 또한 강력한 황소로 불렸다. 인도에서는 지금도 소가 인간의 공양을 받고 있으나 초기 힌두교에서는 그렇지 않았다고 한다. 이후에 생긴 불교에서 살생을 금하는 교리가 있고 이어서 좀 더 극단적인 자이나교의 영향을 받은 이른바 문화종교 유물론과 맥이 닿아 있다.

아시아 문화권에서도 인신우두(人身牛頭)의 형상을 발견하게 되는데 그것의 시초는 이러하다. BC 28세기에 인신우두의 형상을 하고 태어난 염제(炎帝)라는 사람이 마차와 쟁기를 만들었으며 소를 길들이고 멍에를 씌웠다고 전해진다. 비슷한 이야기가 우리의 전설에도 있다. 견우(牽牛)는 늙은 소를 데리고 농사를 지으며 살았는데, 소가 이르기를 직녀가 은하에서 목욕할 때 옷을 빼앗아 아내로 삼으라 했다고 일러주었다는 전설이다. '나무꾼과 선녀'와 이야기가 뒤섞인 듯하다. 아무튼, 신화시대에는 신과 사람, 사람과 동물처럼 각각 별개의 계통이 수평으로 통하는 길이 있었던 것일까.

야크

소목 솟과의 동물로는 소를 비롯하여 야크, 아프리카의 누, 염소, 임팔라, 가젤 등이 있다. 그중에서 야크는 해발 5,000미터 고지의 척박한 환경 속에서 살아간다. 야크는 마치 깊은 산중에서 묵언 수행하는 수도승 같다. 땅을 빗질하듯 길고 검은 털이 수도자의 복장과 유사해서가 아니다. 야크는 춥고 황량한 지역에서만 산다. 게다가 산소가 부족한 것이 야크에게는 더 적합한 환경이다. 더하여 소식(小食)하는데 하루 섭취량이 다른 솟과에 비해 삼분의 일 정도에 불과하다. 그러함에도 생명 유지에 혹독한 땅에서 생명을 이어가는 모양이 장자가 말한 도의 경지를 구가하는 듯하다. 장자는 도를 일컬어 속세에서 천한 삶을 받아들이고 함께 고락을 나누는 거라 했다. 야크는 암컷이나 수컷이나 뿔을 가지고 있고 어깨에 붙어 있는 혹은 무슨 견장인 양 그것의 특징을 이룬다.

고산 지대에 사는 사람들이 야크에게 의존하는 비중은 거의 절대적이다. 어떤 동물도 적응하지 못하는 그곳에서 짐을 나르고, 밭을 갈고, 털과 젖, 버터와 고기를 제공하는가 하면 똥마저 연료로 쓰이니 어느 것 하나 버릴 것이라고는 없다. 유난히 두드러지는 크고 잘 생긴 뿔이 위쪽으로 휘어 뻗어 있는데 무슨 하늘과 교신이라도 하는지 묵언 수행하며 제 목숨 안에 무언가를 촘촘히 아로새기는 건 아닌가.

야크는 풀, 허브, 지의류 등을 뜯어 먹으며 얼음이나 눈으로 수분을 섭취한다. 암컷과 새끼들은 큰 무리를 이루며 모여 살지만, 수컷은 대개 혼자 살거나 독신자 무리를 이루어 배회한다. 암컷은 2년에 한 마리씩 새끼를 낳고 새끼는 1년 뒤 독립한다. 야크는 위협을 느끼면 꼬리를 꼿꼿이 세운 채 빠른 속도로 달아난다. 야크는 겉모습은 둔하고 느려 보이지만 빠르게 산을 오르는 등산 전문가다. 튼튼한 다리로 안정감 있게 산을 오른다. 수도승 같은 야크와 동고동락하려면 삶이 절박하지 않다면 그것을 부리기가 영 미안스러울 듯하다.

슬픔이 모자라다
절망이 모자라다

꼽추 등이 낙타
무릎을 꿇어 등을 낮추는
짐짝만한 제 몸과 인간의 짐을 지고
고꾸라질 듯,
가는 다리 곧추세워
모래폭풍 속으로 걸어가는
공양하는 몸을 부리기에는

한낮 정수리 위의 태양과
싸늘하게 식는 사막의 밤을 지새워
독으로 익는 전갈의 꼬리만큼 절박해져서
오뉴월 붉은 고추처럼 매워져서
긍정밖에 모르는 긴 속눈썹을 잊고
낙타 등에 올라타기에는

내일은 소설,
대기권에서 살아남은 긴 꼬리 유성이
쏟아질 것이라고 한다
— 졸시, 「낙타」 전문

한 여행지에서 낙타를 타본 적이 있다. 나를 태운 낙타의 큰 몸집, 별로 내가 무겁지는 않았을 것이다. 그러나 그것 위에 몸을 올리고 그것을 부리려면 나는 절박해야 했다. 유희를 목적으로 하기에 그것은 성스럽기까지 했다. 인디언들은 사냥하기 전에 왜 자신이 사냥해야 하는지 사냥감에게 멀리서 설명해주었다고 한다. "작은 형제여! 너를 죽여야만 해서 미안하다. 그러나 네 고기가 필요하단다. 내 아이들이 배가 고파 울고 있단다. 작은 형제여, 용서해다오. 너의 용기와 힘 그리고 아름다움에 경의를 표하마. 자, 이 나무 위에 너의 뿔을 달아줄게. 그리고 그것을 붉은 리본으로 장식해주마. 내가 여기를 지날 때마다 너를 기억하며 너의 영혼에 경의를 표하마. 너를 죽여야 해서 미안하다. 작은 형제여!"

이하 동문이올시다. 작은 형제여!

돌고래의 전언

어떤 암시

돌고래 쇼를 본 적이 있다. 야외 풀장은 조가비 무늬의 물비늘이 햇살을 받아 쾌활했다. 물소리는 실로폰 소리를 냈다. 곧이어 돌고래들이 공중으로 뛰어올라 돌고 낙하하여 물속을 질주했다. 조련사를 태우고 물속을 유영하는가 싶더니 제 등에 올라탄 조련사를 떨어뜨리고 다시 돌아와 등을 들이밀더니 다시 태우고는 질주하였다.

별생각 없이 바라보았으나 점점 가슴이 벅차올랐다. 돌고래와 친구라면 인간은 물을 두려워하지 않아도 될 것이었다. 물에서 제약을 받는 신체 조건이 돌핀과의 보완적 관계일 때 즐거움과 안전이 배가될 것이다. 돌고래는 물속에서 제한적인 인간의 신체를 십분, 이해하는 듯했다. 제 등에 태울 때 사람의 상반신이 수면 위로 위치하도록 유영해야 함을 알고 있었다. 돌고래는 마지못해 인간의 지시를 따르는 것이 아니었다. 오 리를 가자고 청하면 십 리를 함께 하는 친구 같았다. 우호적 관계가 무엇인지 표본을 제시하는 듯했다. 너무나도 인색하고 누추한 인간들의 관계를 생각할 때에 돌핀은 '호응'이라는 개념을 보석처럼 아로새겼다. 뭉친 근육과 왜소해진 생각들과 닫힌 마음으로 인한 소극적인 반응들은 어느새 환호성으로 바뀌었다. 햇살과 돌핀에 동화되어갔다.

조련사는 애니메이션의 주인공 미래소년 코난처럼 보였다. 돌핀과 교감하는 방식이 허구의 세계에서나 본 '타잔'의 현현 같았다. 휘파람을 불면 여기저기서 다가와 우정을 누리고 목소리의 음조만으로 상황을 알아채는 동물 친구들의 이야기가 현실에서도 가능할 수 있다는 가능성을 보여주는 것이다. <이사야서>의 "이리가 어린 양과 함께 거하며 표범이 어린 염소와 함께 누우며 송아지와 어린 사자와 살찐 짐승이 함께 있어 어린아이에게 끌리며 암소와 곰이 함께 먹으며 그것들의 새끼가 함께 엎드리며 사자가 소처럼 풀을 먹을 것이라. 젖 먹는 아이가 독사의 구멍에다 손을 넣어도 해됨도 상함도 없을 것"이라는 지극히 비현실적이던 글자들의 조합이 설득력 있게 다가오는 순간이었다.

그랬으면 좋겠다는 바람(hope)은 목표를 향하여 자신을 몰아갈 힘이 되어준다. 나를 다녀간 환희는 오래도록 사라지지 않고 나를 길들인 사물의 제도를 의심하도록 만들었다. 왜 이러는 거지? 왜 이래야만 하는 거지? 누구랄 것 없이 나름 애쓰는데도 불구하고 점점 병리적 현상들로 나타나는 현실을 의심하도록 만들었다. 돌고래와 타잔의 숲속 동물 친구들이 우호적인 '관계의 질'에 대한 욕구를 촉발하는 것이다.

동물들의 침묵

현실에서의 구현이 좌절하게 될 때 허구의 세계로 곧잘 침잠한다. 작가 존 그레이는 저서 『동물들의 침묵』에서 그는 견해를 개진한다. "우리의 삶이 허구에 의해 구성된다는 점을 받아들이면 일종의 자유를 얻을 수 있을지 모른다. 아마도 이것은 인간이 획득할 수 있는 유일한 자유일 것이다." 인간의 자유가 허구에 의존한다는 건 현실을 이루는 요소들이 불만스럽다는 뜻이 아닌가. 허구라는 양식에 의존하여 문제를 드러내고 희원을 나타내고 그로부터 위로를 얻거나 도피처로 삼는다는 것은 불행의 역설이다.

“유사 이래로 인간들은 늘 무엇인가 잘못되었다고 여기고 있다. (…) 인간은 금이 가고 부서진 배라는 것. 외부 세상만 인간의 충족감을 가로막는 것이 아니라 인간은 자기 자신 안에 충족을 가로막는 충동을 가지고 있다”(『동물들의 침묵』, 97p)는 통찰을 반박할 사람은 별로 없을 것 같다. 이영광의 시 「이따위 곳」은 이러하다. “이따위 곳에 왜 날/ 낳아 놓은 거야?/ 딸이 어미에게 대든다/ 채널을 돌린다/ 사람 말고는 누구도/ 이따위 곳이라고 하지 않는다… 어쩌다가 사람만이 찾아낸/ 불만의 거주지/ 혼돈의 부동산/ 이따위 곳”이다. 시의 화자는 아마도 사춘기 여학생일 것이나 씁쓸한 공감의 웃음을 흘리게 되는 것은 무엇인가. 누구나 삼키고 사는 말을 어느 집 딸이 과감히 뱉어내고 있는 것이 아닌가. 현시대는 전대미문의 문명을 이루어 편리를 누리고 있다. 과거에는 특권층이나 누렸을 법한 생활의 질이 보편화 되었음에도 그다지 행복한 것 같지 않다. 항구적인 행복은 이기심의 충족으로 채워지는 것이 아니라 근원적인 무엇이 선결되어야 할 것 같다.

진보주의자들은 인류가 진보되어왔고 앞으로도 나아질 것이라고 주장한다. “인류가 갈등을 극복해가면서 진보한다고 보는 마르크스-레닌주의의 변증법적인 논리”에 대해 언급하면서 존 그레이는 인류를 설명하는데 '진보'라는 용어가 적절치 않다고 잘라 말한다. 아는 바와 같이 마르크스의 진보주의와 다윈의 진화는 밀접하다. 마르크스는 "동물의 기관을 인간의 도구와 기기에 비유"한다. 이는 인간세계를 다윈의 동식물에 관한 생태적 진화 논리에 비유한 것이다. 동물 세계의 메커니즘을 인간세계로 확장하려는 시도는 인간과 동물이 생물학적으로 같은 동물이라는 점에 근거를 둔다. 이러한 발상은 정신과 의식이 물질에서 비롯되었다는 유물론에 근거한 상호 진화론적 논리와 맞물린다.

그러나 이영광의 시, 「이따위 곳」의 나머지 부분은 이러하다. "누의 살점을 찢고 있는 사자의 무리 곁에서/ 누들이, 제 동족의 피가 튄/ 풀을 뜯고 있다/ 울지도 웃지도 않고/ 먹는다/ 식사가 끝나자 누고 사자고/ 발아래 이따위 곳 따위에는 눈길도 주지 않고/ 피 좀 본 거로는 꿈쩍 않는/ 노란 지평선을 본다". 영상에서 익히 보아온 바로 이 시는 실재의 한 장면이다. 동물들의 생존 방식에서 나타나는 비정함을 시라는 프레임에 가두어놓고 보니 충격적으로 다가온다. 이러한 동물의 생존 양상을 막스 피카드르는 그의 저서 『침묵의 세계』에 기술한 부분을 발췌하기도 한다.

"동물들의 침묵은 사람의 침묵과 다르다. 사람의 침묵은 투명하고 환하다. 사람의 침묵은 매 순간 언어를 내보냈다가 다시 받아드리면서, 언어에 직면하기 때문이다. (…) 동물의 침묵은 무거운 돌덩이와 같다. 동물은 침묵의 돌덩어리들 위를 걸으면서 자기 자신을 거기에서 떼어내려 하지만 이내 다시 묶어 버린다./ 동물 안에서 침묵은 고립된다. 따라서 동물은 외롭다. 동물의 침묵은 마치 손에 잡히는 물질과 같다. 동물의 침묵은 곧바로 그 동물의 밖으로 나오며, 그 동물은 구원되지 않는다. 언어가 없기 때문이 아니다. 침묵 자체가 구원되지 않는 침묵이기 때문이다. 그것은 단단하게 굳어진 침묵이다."

위의 글에 대해 존 그레이는 "동물의 침묵은 자연적인 휴식 상태지만 인간에게는 내면의 소동에서 벗어나기 위한 노력이다. 인간은 자신의 속성대로 존재하는 데서 놓여나기 위해 침묵에 기대려 한다면 다른 동물들은 일종의 타고난 권리로 침묵을 즐긴다"는 것이다. 동물의 언어 없음이 적어도 감각 없음을 뜻하는 것은 아니라는 것. 종의 다름과 언어의 다름이 동물들이 두려워하도록 만들고 아무렇게 다루어도 되는 근거가 되지 않는다는 것. 아침잠을 깨우는 새의 대화는 인간의 은유보다 풍부할지 모른다. 인간의 언어로 소통이 이루어지지 않는다 하여 그들이 언어가 없다는 생각은 속단일 것이다.

인간과 동물의 유사점과 상이점은 분명 존재한다. 그러나 인간과 동물을 일반화시키는 것은 우주의 정기가 깃든 소립자로의 인간을, 우연과 벌레를 근원으로 삼는 자기 비하이다.

우연의 산물

진화론의 출현은 채 이백여 년이 안 된 근대 사조이다. 그러나 역사는 초기부터 종교적 DNA를 증거 한다. 그러함에도 진화론이 전염병처럼 번져서 면면히 이어져 내려온 가치를 부정하고 확고부동한 현대판 신화로 자리매김하였다. 우주의 소립자요 보이지 않는 세계의 물질적인 표상으로의 인간 존엄성은 우연과 벌레의 후손이라는 기저를 기꺼이 수용하였다. 우연히 합성된 단백질로 이루어진 세포가 진화하여 오늘날의 고등한 생명체가 되었다는 이론에 그토록 매료된 이유가 무엇일까. 최초의 생명체가 출현하게 된 경위를 생물학자 리차드 도킨스는 그의 저서, 『이기적 유전자』에서 이렇게 설명한다.

“어느 날 천둥 번개, 태양의 빛, 화산폭발의 열 등이 가해지면서 원시 대기 중에 포함되어 있던 암모니아, 메탄, 질소, 수증기 등이 아미노산, 핵산 염기 등의 유기물이 되어 바닷속으로 녹아 들어가서 분해되었다가 재결합되는 모종의 과정을 거쳐 리보핵산이 생겨났다는 것. 그것이 점차로 정교하고 복잡해지면서 대양의 유기물 용액은 우연히 주목할 만한 하나의 분자를 형성하게 되고 그것을 둘러싸는 세포막이 생겨 분자를 우연히 보호한 결과 최초의 생명체가 생겨났다.”

이런 과정을 거친 원시 세포는 자가 증식의 방법으로 어류가 되고 어느 날 어떤 계기에 의해 어류에서 양서류로 양서류에서 파충류로 파충류에서 조류로 조류에서 포유류로 그리고 인간과 같은 고등 생명으로 진화했다고 한다. 생태계가 만들어지기 위해서는 최초의 자가 복제가 우연히 단 한 번 만들어질 수 있는 조건으로 충분하며 이후로는 필연적으로 진화의 길을 걷게 된다는 것이다.

적자생존이라는 말은 영국의 철학자인 하버트 스펜서가 인간들의 사회적 생존 경쟁의 원리를 함축시킨 사회-철학적 용어로 처음 사용하였다. 이 개념은 사회진화론의 토대가 되었으며 찰스 다윈의 진화 이론을 설명하는 데 주요한 용어가 되었다. 환경에 적합한 자만이 살아남는다는 적자들의 생존은 자연 선택이라는 이론 형성에 공헌했다. 약한 생명은 도태되는 것이 자연의 선택이라는 관점은 폭력적인 개념을 가진 약육강식의 논리를 합리화시켜준다. 적자생존은 어떠하든지 살아남고 승리하고 쟁취하는 것만이 최선이라는 관점을 지지한다. 주장을 합리화하기 위해 새들의 습성을 언급한다. 어미 새가 알에서 깨어난 새끼들에게 먹이를 줄 때, 힘센 새끼가 먼저 먹이를 차지한다. 먹이를 공급받은 힘센 새끼는 더욱 튼튼해져서 아무것도 먹지 못한 새끼를 둥지에서 밀어내어 결국 죽게 만든다.

이런 자연의 습성이 동물계에서 발견되는 것은 사실이나 그것을 모든 생명의 존재 양식의 원론으로 삼는 것은 스스로를 비천한 존재로 전락시키는 것이 아닌가. 냉혹한 생명 유지 방식은 목적이 있을 수 없다. 자연의 가장 중요한 특징인 '되는 대로 흘러가는 과정' 일 뿐, 목적도 방향성도 없이 흘러간다. 덧없음 속에서 경쟁은 뭐며

갈등과 고뇌는 다 무엇인가. 누처럼 제 새끼가 사자에게 잡아먹혀도 묵묵히 풀을 뜯으면 그만일 것을 눈물은 웬 말인가. 다윈주의는 인류를 일개의 우연의 후손이요 인간 짐승으로 전락시켰다. 생명의 시작이 우연의 산물이라면 인간의 양심, 모성애, 이타심 따위는 사치이며 때때로 생존에 위협이 되기도 하는 거추장스러운 사슴의 뿔이 아닐 것인가. 고상하고 숭고한 정신들은 쓸모없는 부질없음이며 주제넘음이지 않은가.

지식 나무

진화론에 뿌리를 둔 진보의 개념은 과학의 진보를 내세운다. 그것을 누가 부정할 것인가. 과학은 일반인들의 상상과 필요를 앞서고 있다. 아무려나 과학 기술은 지식의 집적을 기반으로 발전하였다. 이십일 세기는 우주여행을 실현하고, 식물의 유전자를 조작하여 변형된 식물들을 만들어 대량 생산을 한다. 인간과 동물을 복제하는가 하면, 비의 씨앗을 뿌려 가뭄을 해소하거나 스모그를 씻어내는 등 참으로 인간은 신의 경지에 올랐다. 그러나 인간들은 여전히 불행하며 산적한 문제들 속에서 불안을 안고 산다. '지식'이 인간을 구원하지 못한다는 것을 여실히 드러내는 것이다. 과학 발전에 득과 독이라는 양면성을 지적하는 경계의 목소리가 생겨나는 것은 당연하다. 기계 문명은 편리함을 주는 반면에 인간을 부품화하고 소외시킨다는 자성의 목소리가 적지 않다. 일각에서는 과학 문명을 받아들이는 데 좀 더 세심한 주의를 기울이고 선택적이어야 한다는 사람들이 생겨났다. 기계 문명이 소외시키는 관계의 특징과 비인간화를 경계하는 것이다. 지식의 보편화를 이루었는데 어찌 된 일인가. 나타난 양상으로 미루어볼 때 지식과 정보의 홍수는 판도라 상자를 연 것의 다름이 아닐 것인가.

"지식은 인간들 자신으로부터 구해주지 못한다. 더 많은 것을 알게 되었다면 이는 우리가 환상을 불러일으킬 여지를 더 많이 갖게 되었다는 의미일 뿐"이라고 존 그레이는 기술했다. 전쟁통에 피난길에 오른 어머니는 어린 아들이 험하게 죽은 모습을 보지 못하도록 눈을 가렸다고 했다. 되돌아보면 유년의 시절이 행복했던 것 같다. 부모로부터 보호받고 있다는 느낌 때문이었을까. 요지경 속 세상을 몰랐던 때문일까. 판도라 상자의 변주곡, 뱀의 미혹에 빠져 여자가 지식의 나무 열매를 먹었다는 문장의 핵심적인 의미가 무엇일까. 존 밀러의 대서사시 『실낙원』에서 발췌하여 옮겨본다.

(…) 간사한 뱀은 즐겁고 기뻐서 말한다.
'여왕이여, 길은 손쉽고 멀지도 않나이다
한 줄의 도금양 뒤, 샘가의 평지, 꽃 피는
몰약과 향유의 작은 숲 저쪽에 있나이다.
만일 나의 인도를 수락하신다면,
곧 그곳으로 모셔다 드리겠나이다.'
(…) 죽음의 위협을 믿지 마소서. 죽지 않으리니,
열매를 맛본다고 죽음을 얻다니, 어찌 그러리오?
그것은 지혜뿐 아니라 생명도 주리이다.
나를 보소서, 나는 손대고 맛보았으나 살았고, 또한
내 분수보다 높은 것을 시도하여 운명이 정한 것보다
더 완전한 생명을 얻었나이다. 짐승에게 허용된 것이
인간에게 금지 되리오? 하나님이 이런 사소한
죄에 노여움을 터뜨릴 리 있으리오? 오히려 그대의
불굴의 힘을 찬양치 않으실지? 죽음이 무엇이든 그

죽음의 고통에 위협받으면서도, 보다 행복한 삶으로
이끌 선악의 지식을 얻는데, 주저치 않는
그대의 힘을 찬양치 않으리오? 선의 지식은
마땅한 것, 악이란 것도, 만일 악이
실재한다면, 피하기 쉬우리니 알아서 무방하리다.
그러니 하나님이 그대들에게 해를 준다면,
그것은 정당하지 못한 일. 정당하지 못하다면
이미 하나님이 아니니 두려워 복종할 것
없으리다. 죽음의 공포가 도리어 그 공포를
제거할 것이외다. 그런데 왜 금했을까? 그의
숭배자인 그대들을 다만 위협으로 낮고
우매하게 두어두고자 한 것일까? 하나님은
아시리다. 그대들이 그것을 먹는 날, 그대들의
눈이 완전히 열리고 밝아져 신들 같이 되고
신들처럼 선악을 알게 되리라는 것을,
내가 사람과 같이 내적 존재가 되었은즉 그대들이
인간에서 신이 됨은 사리에 맞는 일, 나는
짐승에서 인간, 그대들은 인간에서 신 그러니

그대들이 죽게 되면 인간성을 벗고 신성을 입을 것이니

— 존 밀턴, 「실락원2」, 제9편 중 부분

땅의 끝이 있듯, 바다의 끝이 있듯 앎에도 멈춰야 할 지점 있다는 것이다. 우주의 법칙이 있듯 우주 운행의 질서가 있듯 인간도 물리적인 제약 아래 있다. 중력의 법칙을 어기면 목숨을 잃고 36.5℃의 체온을 유지해야 생명을 유지할 수 있으며 초음파나 청취할 수 없는 저음부의 가청권에 있지 않다. 보는 것과 관련하여, 시청 가능한 거리가 있으며 무엇에 가로막힌 이면을 투시할 수 없다. 우리의 몸은 어떤 물리적 힘이 가해졌을 때, 견디는 힘보다 세게 가해지면 상해를 입는다. 견딜 수 있는 온도보다 높으면 화상을 입거나 동상을 입는다. 물속에서 그리고 공중에서 인간은 어떤 도구에 의지해서 신체적 조건이 허락하는 시간 동안 있을 뿐이다.

서로를 소외시키는 반목 가운데선 행복이 없다. 경쟁은 현 사물의 제도의 패러다임이지만 바람직한 구도라고 볼 수 없다. 인간의 행복은 조화로운 관계 속에서 교류되고 승인받을 때 충만해진다. 마치 인간과 돌고래가 상호보완적 자세로 생명력을 즐길 때처럼. 신과 인간, 인간과 동물이 근원적인 조건과 차원이 다를지라도 긴밀한 유대와 이해가 이루어질 때를 상상한다. 인간에 대한 돌고래의 호응은 새로운 관점과 질서를 꿈꾸게 한다. 이따금 인간은 하늘을 보며 별들의 궤도를 보며 이 세계의 시작과 끝에 대해 생각한다.

로고로 돌아온 말

말의 덕목

동물의 선호도 조사에서 가장 호감이 가는 동물을 꼽으라고 한다면 단연 말[馬]이 아닐까. 박력 있게 질주하는 모습은 사람들의 마음을 단박에 사로잡는다. 짧고 윤기 나는 매끄러운 털이 감싸고 있는 단단한 근육, 바람에 휘날리는 갈기, 좌우로 흔들리며 중심을 잡는 멋진 꼬리를 휘날리며 달리는 모습은 우아하기 그지없다. 말의 호쾌한 기상과 준수한 외모는 동물 중에 단연 으뜸이다. 늠름하고 위엄을 지녔으나 위협적이지 않다. 전쟁터를 종횡무진으로 달리는 용맹스러운 말은 의외로 조심스럽다. 덩치는 무엇 못지않은데 위험이 닥치면 도망가는 말을 보며 어린아이들도 곧 친근감을 느낀다. 도무지 부정적인 이미지라고는 찾아볼 수 없는 말은 초식 동물임에도 탄탄한 근육과 날렵한 다리와 우아한 곡선의 몸통과 아울러 인간과 교감하는 인지 능력까지 지녔으니 어찌 애호하지 않을 수 있을까.

오늘날에는 말이 고급 취미를 가진 호사가들의 전유물이 되었지만, 불과 한두 세기 전만 해도 말은 운송 수단이었을 뿐만 아니라 노동력을 제공해주었다. 또한, 전쟁에서 말의 역할은 승패를 좌우하리만치 중요하였다. 훌륭한 장수가 태어나면 어딘가에서 명마가 함께 태어나고 장수가 죽으면 말도 함께 죽는다고 한다. 전쟁터에서는 사람만이 아니라, 말 또한 목숨을 건다. 제 고삐를 쥔 주인의 뜻에 감응하여 혼연일체로 움직이는 모습이 비장하기 그지없다. 위급한 상황을 본능적으로 감지했을 때, 타고난 겁쟁이인 말은 어디에서 용기가 솟는 것인지, 반사적으로 주인을 비호 하는 독보적인 존재이다. 인간의 삶의 조력자로 고삐 쥔 주인의 뜻을 인지하고 기민하게 움직이는 말은 전쟁터에서는 동지요 전우였다. 먹는 양에 비해 폭발적 에너지를 내며 목숨을 다하는 말의 특성을 보며 사람들은 하늘이 내린 영물로 여겨 천마, 신마, 용마라는 이름을 부여하였다. 제 고삐를 쥔 사람의 뜻을 따라 복무하는 말은 하늘을 날듯 적진을 향하고, 말발굽은 시간을 붙잡았다 풀어주고 회전하며 다시 비상하는 것이다. 그런 말에게 천마라는 이름이 부여되는 것을 결코, 과하다 할 수 없다. 고대로부터 말의 영민함을 본 인간들은 하늘과 통하는 기운을 지닌 영물로 받아들였다. 보다 예시적이며 역사의 획을 긋는 숨 막히는 현장에 말이 있었다는 사실은 피안과 차안의 세계를 오가는 영물의 면모를 확연히 보여준다.

옛사람 중에 명마를 볼 줄 아는 뛰어난 안목을 가진 사람의 일화가 많다. 남자는 자기를 알아주는 사람을 위해 목숨을 건다지만 말도 그에 못지않다. 충직하여 말도 아무나 따르지 않는다. 말은 조련을 받아들이기까지 과정을 통해 인간과 뚝심을 겨룬다. 그 과정을 사람들은 말을 길들인다고 하지만 어쩌면 말도 사람을 시험하는 것은 아닌가. 제 주인으로 삼을 만한 사람인지 목숨을 걸 만한 인물인지를 결정하는 순간일 것이다. 겨루고 겨루어 마침내 겨룸의 끝에서 마주한 결정적 모서리, 꼭짓점에서야 비로소 상황을 받아들이는 것이다. 말은 누워서 잠들지 않는다. 비상시에 발 빠르게 대처하려는 듯 꼿꼿이 서서 잔다. 정말로 안전하다고 판단했을 경우나 심한 운동으로 지쳤을 경우를 제외하고는 서서 잔다. 그런 초식동물의 예민함을 고려하지 않고 무례하게 다루어진다면 그것은 마격(馬格)에 대한 인식의 모자람이며 말의 영기를 죽이는 행위이다.

질주의 기호

초원이나 바닷가를 달리는 말의 모습은 가히 환상적이다. 소위 예술을 한다는 사람들은 말의 이미지를 나름대로 그리고 싶어 한다. 카프카는 말에게서 아메리카 인디언을 연상하였던 듯하다. 그에게 말과 아메리카 인디언은 따로 떼어놓고 생각할 수 없는 한 덩어리였다. 『관찰』이라는 에세이에서 그는 말에 대한 환상을 이렇게 묘사하였다.

"아메리카 인디언이 될 수 있다면! 망설일 것도 없이 달리는 말에 올라타서 비스듬히 허공을 가르며, 진동하는 대지 위를 수도 없이 세차게 내딛고는 마침내 박차를 내버린다. 애당초 박차라는 게 없었기 때문이다. 그리고 애당초 고삐라는 게 없었기 때문에 마침내 고삐마저 내던진다. 그리고 말끔히 풀을 깎은 황야 같은 땅도 거의 눈앞에 보이지 않고, 어느덧 말의 목과 머리도 없다."

말이 빠르게 달리는 모습을 보면 마치 카프카가 관찰한 것처럼 박차라든지 고삐라든지 그런 세부적인 것들이 더는 보이지 않게 될 것이다. 말발굽이 일으키는 먼지와 속도감으로 말의 실체도 땅도 보이지 않을 것이다. 마침내 말이 질주하는 방향으로 뻗은 넝쿨손 같은 역동적인 비운무늬만이 기호로 남을 것이다. 그러나 다시는 돌아오지 않을 것처럼 까마득히 멀어져간 말이 돌아오는 시간이 있다. 소실되었다 다시 떠오르는 태양처럼 사라졌다 돌아오는 말의 시간은 "시간의 등을 후려치는 채찍처럼 밀려오고 부서지고 밀려오는" 내면의 소요로 치환되어 말발굽 소리가 한 마리의 말로 귀결되어 돌아오는 때이다.

말들이 돌아오고 있다
물방울을 흩뿌리며 모래알을 일으키며
바다 저편에서 세계 저편에서

흰 갈기와 검은 발굽이
시간의 등을 후려치는 채찍처럼
밀려오고 부서지고 밀려오고 부서지고 밀려오고

나는 물거품 속으로 걸어 들어간다

이 해변에 이르러서야
히히히히힝, 내 안에서 말 한 마리 풀려나온다
말의 눈동자,
나를 잠시 바라보더니 파도 속으로 사라진다

가라, 가서 돌아오지 마라
이 비좁은 몸으로는

지금은 말들이 돌아오는 시간
수만의 말들이 돌아와 한 마리 말이 되어 사라지는 시간
흰 물거품으로 허공에 흩어지는 시간
— 나희덕, 「말들이 돌아오는 시간」 전문

말의 족적

말(馬)의 역할은 인류 역사에 기념비적이라 아니할 수 없다. 그에 대한 방증인 듯 말에 얽힌 일화와 고사, 설화와 전설은 나라마다 민족마다 무수히 많다. 말과 인류와의 각별함을 소재로 한 문학 작품과 회화 작품들은 선사시대 이래로 동서양을 망라한다. 태양신이 타고 다니는 마차를 끄는 말은 날개를 달고 있는 페가수스의 형태이다. 우아한 곡선미가 돋보이는 '말 조각'은 서양 미술사의 서두를 장식하는가 하면, 이집트 투탕카멘왕의 묘에서 출토된 관의 장식 그림에 등장하는 말이 끄는 수레, 지중해 크레타섬에서 기원전 1500년경에 그려진 '투우사의 벽화', 남서 독일 포겔헤르트 동굴에서 출토된 3만 년 전후기 구석기시대에 제작된 것으로 비정(比定)되는 것에서부터 가깝게는 경주에서 발견된 자작나무 껍질에 그려진 천마도에 이르기까지 세계 곳곳에서 발견된다. 그런가 하면 중국의 진시 황릉에서 출토된 실물 크기의 인물상과 마상의 규모는 실제의 군대를 방불케 한다. 어느 왕릉에서는 부장품으로 이천여 마리가 넘는 말이 산 채로 묻혔다가 발굴되었다. 산신들이 말의 모습으로 그려지고 토기나 회화에서뿐 아니라 고사에 전해 내려오는 신화와 전설에도 말의 숨결이 면면히 깃들어 있다. 말티고개, 말

바위, 아차산 등 곳곳의 지명이 말과 관련하여 지어진 것이다.

현대에 들어서 말을 로고로 하는 기업들이 많다. 패션업계를 위주로 살펴본다면 영국의 '버버리', 이탈리아의 '에트로', 프랑스의 '롱샵', 독일의 '에르메스', 미국의 '폴로' '랄프 로렌' 등이 말의 로고를 쓰고 있다. '에트로'는 날개 달린 백말 '페가수스'를 쓰고 있는데 이는 상상의 동물이다.

동음이의어로의 말

언어의 뿌리는 깊다. 이파리에 해당하는 말에 수분을 공급하는 관을 따라가면 뿌리식물처럼 언어의 군락지를 찾아낼 수 있다. 오랜 시간을 거치며 삶이 녹여낸 언어는 직관과 함의가 씨앗처럼 들어 있다. 언어를 다루는 사람들은 언어의 계통에 관심을 기울인다. 말[馬]을 사랑한 시인 실비아 플라스가 그런 사람 중 한 명이었다. 그녀는 한국어에 말[馬]과 말[言]이 동음이의어인 것에 관심을 보였다. "천 리를 달리는 발 없는 말[言]이 신(God)의 권위와 함께 후퇴를 거듭하는 이 세상에 왜 하필이면 네 발의 폭발적인 힘이 전혀 쇠퇴하지 않는 말[馬]과 소릿값이 같으며 의미의 울림이 닮았는가?"(박석기, 『십이지 말의 신화』) 하고 의아스러워했다. "말[言]과 말[馬]을 동음으로 묶는 한국인의 직관에 감탄했다"는 그녀는 '말'이라는 동음이의어를 소재로 한 편의 시를 지었다.

도끼들이
발작을 일으킨 뒤 나무가 울려 퍼진다.
그리고 메아리가!
말馬처럼 중심에서 멀어지며
이동하는 메아리.

수액은 눈물처럼,
물방울이 떨어지며 색깔이 변해
잡초 같은 이끼에 부식된
하얀 두개골 모양의

바위 위에
그 거울을 다시 만들려고

애쓰는 물처럼 솟아난다.
몇 년 뒤 나는
그들을 길 위에서 마주친다.

무미건조하고 기수가 없는 말言,
지칠 줄 모르는 말발굽 소리.
물웅덩이의 밑바닥에서,
박힌 별들이
삶을 지배하는 동안에.
— 「말」(『실비아 플라스 시선집』)

그녀의 모국어는 영어였다. 따라서 영어의 말(Word)과 말(Horse)의 소릿값이 같을 수 없다. 위의 시는 한국어 동음이의어의 소릿값이 시의 소재이다. 말(Word)에는 때때로 서서 자는 말의 습성처럼 팽팽한 긴장감이 감돈다. 바람처럼 불어와 자아를 흔들어대는 타인의 말에 중심을 잃지 않으려면 균형 잡힌 생각의 근육을 키워야 할 것이다. 말(Word)은 말(Horse)처럼 늠름하고 위엄을 지녀야 하나 함부로 위협을 가하면 곤란해진다. 경우에 따라서 말

(Word)은 용맹스럽기까지 할 수 있으나 거만하지 않아야 한다. 힘이 있으나 조심스러운 말(Horse)처럼 분별하여 관계의 유대감을 증폭시켜야 한다. 때때로 초식 동물인 말이 겁을 집어먹고 달아나기도 하는 것처럼 약한 일면을 가지고 있는 인간은 때로 종잇장같이 취약한 말(Word)에도 베여 피를 흘린다. 말 한마디에 상처를 입기도 하고 행복에 젖기도 하는 것이다. 말은 발이 없음에도 천 리를 가고 칼날 없이도 사람을 죽이고 살린다.

말(Horse)은 꿈을 꾼다. 이상주의자답게 현재에 안주하지 않고 미래로 나아간다. 발을 헛디딜지라도, 고독한 벼랑으로 내몰릴지라도, 미처 대오를 이루지 못했을지라도, 그것이 실패로 귀결될지라도 나아간다. 태양이 정수리에서 이글거리며 촉구한다. 현재를 초월하여 미래로 자기를 내던지라 한다. 마그마가 들끓고 바위가 녹아 이글거리다가 솟구치듯, 앞발을 들고 히히잉 긴 울음을 목청껏 뽑아내지 않고는 배겨날 수가 없는 무엇에 내몰린다면 말이다. 태백산맥의 봉준처럼 면면히 이어져 세대를 달리하며 도도한 물결 같은 말의 질주를 고스란히 담아낼 수 있는 것은 한 장 사진이 아니다, 동영상이라야 한다. 멀리 떠났던 말이 되돌아올 때처럼 물을 첨벙거리며 내달리고 싶은, 속도가 쫓아오지 못할 '속도'로 달리고 싶은, 마침내는 달아나는 것이 아니라 깨어나는 거기에 도달하려는 것이다.

고양이

원래 내 것이 아닌 생각

아이 우는 소리가 들렸다. 쉬이 그치지 않는 울음소리, 아무래도 울음소리가 수상하다. 그쳤는가 하면 다시 이어지는 강약 없는 울음, 비로소 밖을 내다볼 생각이 들었다. 아뿔싸, 고양이였다. 어쩌면 그리도 아기 울음과 유사할까. 아파트 지하실의 환풍 시설인 콘크리트 위 양지바른 곳에 몇 마리 고양이가 자세를 바꾸며 저들끼리 진지하다. 검정고양이에서부터 점박이, 잿빛 할 것 없이 다양한 외피를 가진 그것들은 게으르게 척추를 늘리는가 싶더니 게으르게 걷는다. 그것은 사람들과 마주치는 것을 꺼리면서도 인근에서 살아간다. 인간의 거동을 살피며 일정 거리를 유지하다 좁혀졌나 싶으면 슬금슬금 멀어진다.

사실 나에게 고양이는 하나의 사물에 지나지 않았다. 주변에서 종종 마주치지만 잠시 시선이 따라가다 시야에서 사라지면 그뿐, 호의든 적의든 어떤 감정이 섞일 겨를이 없을 것인데, 스쳐 지나가는 사물들에 밥을 챙겨주는 남자가 있었다. 남자의 거동은 무슨 야바위꾼처럼 아니, 고양이처럼 조심스럽게 그러다 재빠르게 움직였다. 절체절명의 생명에 안타까움이 유달라서 생돈 들여 먹을 것을 챙겨주는, 얼굴은 없고 웅크린 등만을 보여주는 남자의 애틋함이 등에 서려 있었다. 주린 고양이의 필요를 돌보는 남자에게서 자긍심이라곤 찾아볼 수가 없었다.

고양이에게 먹이를 제공하는 것을 반대하는 사람들이 있다고 했다. 요즘 고양이들은 쥐를 잡는 것도 아니고 쓰레기통을 뒤져 환경을 어지럽히는데 부양까지 받는다면 개체 수가 기하급수적으로 늘어날 것을 염려함이다. 사실 고양이는 태어나서 일 년 전후에 첫 발정이 시작되어 일 년에 두세 차례 임신이 가능하고 임신 기간은 65일 정도로 보통 한 번에 대여섯 마리를 낳으니 번식력이 꽤나 왕성하다. 생태계를 조절하는 것이 인간의 재량권인지 아닌지는 차치하고, 고양이에 대한 감정은 복잡하다. 바람결에 들은 고양이에 관한 속설과 무관하지 않다. 고양이는 흔히 9개의 목숨을 가지고 있다고 한다. 낮에는 작아지고 밤에는 커지는 고양이의 눈동자, 어둠의 비밀 한 자락쯤 알고 있을 것 같은 밤의 메신저, 어릴 적에 보았던 괴기영화에 으레 등장했던 불길함의 전조였다.

사랑한 후에

산자락에 안겨 있는 어느 카페에 앉아 창밖을 무연히 바라본 적이 있다. 경사도가 가팔라서 산자락이 스크린처럼 전면에 나타났다. 숲에 고인 그늘과 습습함 위로 굵은 빗방울이 떨어지기 시작했다. 비 오는 흐린 날의 명도에 동공이 적응하자 산 고양이 몇 마리가 웅크리고 있는 것이 보였다. 나무 둥치에서 비를 피할 요량이었을 것이나 젖어 웅크린 모습이 꽤나 근천스러웠다. <사랑한 후에>라는 노랫말이 생각났을 것이다. 이를테면 고양이에게서 관능의 냄새가 났다. 장 그르니에의 고양이 물루에 관한 묘사가 오버랩되었을 것이다. "오후에는 침대 위에 가 엎드려서 앞발을 납죽이 뻗은 채 가르릉거리며 잠을 잔다. 어제는 흥청대며 한바탕 놀았으니 아침 일찍부터 내게 찾아와서…. 여느 때 같지 않게 한결 정답게 굴어댄다. 피곤하다는 뜻이다." 어둠 속에서 유난히 빛나는 눈, 활기찬 밤이 도래하면 '모든 것이 아름다움'으로 채색되는 고양이의 세계, 거역할 수 없는 몸의 명령을 집도하는 시간이 지나고 지금은 비가 내린다. 견뎌야 하는 시간이 도래하면 추억은 우산이 될까.

나는 지나간 추억을 꿈꾸지.
그때는 모든 것이 아름다웠어.
행복했던 그 시절이 추억 속에 아른거리네.
그 시절이 너무나도 그리워.

아침이 오면 꺼져야 하는 운명이 싫어
몸부림쳐 흔들리는 가로등 불빛.
누군가 두런거리며 새벽을 알리고,
등불을 내리러 돌아다니면,
또다시 아침이 밝아오겠지.
……

내게로 와줘…
우리가 함께 지내며 느낄 수 있었던
찬란했던 지난날들의
그 추억을 다시 한 번 느껴보고 싶어.
우리가 서로 곁에 있을 수만 있다면

우린 다시 행복해질 수 있을 거야.

지난날의 그 시절처럼…

자, 우리 다시 시작하는 거야.

— 뮤지컬 <캣츠>에서 「메모리」 부분

뮤지컬 <캣츠>는 T.S. 엘리어트의 시집 『지혜로운 고양이가 되기 위한 지침서』(Old Possum's Book of Practical Cats)에 나온 각 고양이들의 성격을 바탕으로 이를 무대화한 것이다. 시집 속에 등장하는 다양한 고양이들의 풍모와 개성을 통해 인간 세상을 은유적으로 보여주는 작품이다. 젤리클 축제를 배경으로 고양이들의 이야기와 사연을 20개의 스토리로 엮었다. 이를 통해 인간의 내면에 감추어진 욕망이 소재이다. 시인 엘리어트는 고양이 마니아였다. 친구들은 그를 가리켜 늙은 주머니쥐(Old Possum)이라 불렀다 한다. 작가에게 고양이란 대상은 혀로 자신의 몸을 핥으며 가르릉거리는 귀족적인 품성을 지녔음에도 한편 극단적으로 길고양이로 전락할 수 있는 자기 파괴적 요소에 매료되었다. 이런 고양이에게 인간의 한 단면-타락한 인간의 이미지-을 엿보게 한다. 엘리어트의 시집 속 고양이들은 우리 인간 세상을 비추는 거울이자 일종의 자기 반영이다.

고양이가 사는 법

사람들이 고양이에게 매혹되는 이유 중 하나로 독립성을 꼽는다. 고양이에게서 인류의 데자뷰를 보는 듯하다. 시초의 인간은 독립적인 행보를 택했다. 자녀에게 생명을 부여하신 아버지에게서 독립하여 아버지와 동등하기로 작정한 것이 역사의 출발이다. 인간을 지으신 분이 제시한 표준, 즉 인간사용설명서를 거부하고 제멋에 살겠다는 선언이 그것이다.

고양이의 독립적 성향과는 달리 그들의 생태는 무리를 이루는 위계질서에 예속된다. 위계에 순응할 것인가 아니면 독립적 행로를 취할 것인가, 갈등의 표본인 고양이에게서 극단의 생태가 목격된다. 우위를 점유한 존재로 인하여 안위가 위협을 받거나 목숨을 영위하는 데 괴로운 상황에 몰리면 그들만의 리그가 한계에 봉착한다. 다른 차원의 능력이 요구되는데 그때가 인간의 개입이 필요해지는 지점이다. 인간들과 호의적 관계를 유지하고 그들로부터 보호를 받고 음식을 얻고 인간의 품에 안겨 잠들 안락한 보장이 필요하다. 고양이는 제 본디와 인간의 비호, 두 개의 원주를 오간다.

독립성은 고양이를 매혹적인 생명으로 만드는 반면에 역경에 처하는 원인이기도 하다. 고양이의 체온은 인간들보다 2도 높은 38.5℃이다. 이를테면 인간은 전적으로 그들의 필요를 충족시키지 못한다. 고양이가 제 감정에 충실할 수밖에 없는 이유가 될 것이다. 길들지 않는 고양이지만 사람과 공조를 곧잘 한다. 그것은 지시를 따른다기보다 놀이에 정신이 팔렸을 때이다. 훈련받은 개에게 공을 던지고 그것을 주워오라고 명령하면 개는 열 번이고 백 번이고 반복하여 시키는 일을 수행한다. 그러나 고양이는 철학자라도 되는 양 근본적인 물음을 던지는 게 아닌가. '내가 왜 이 짓을 해야 하지?' 의아함을 표표하게 전달하는 몸짓과 갸우뚱하니 빤히 바라보는 것으로, 그리고 아무것도 하지 않음으로써 인간들이 저를 길들일 생각 자체를 차단한다. "고양이는 제가 원할 때 찾아왔다가 떠나고 싶을 때 가버린다." 고양이에게 주인은 없다. 저를 돌보는 사람이라 하더라도 제 감정에 충실함으로써 자유를 인간에게 위임하지 않는다. 영국으로 귀화한 헝가리인 죠지 미케쉬는 고양이와의 개인적 경험을 그의 자서전에서 밝혔다.

"앞뜰로 통하는 현관문을 날씨가 따뜻하면 종종 열어두곤 했다. 그 조그만 검은 고양이가 때때로 나타나곤 했는데 탁자 아래나 안락의자에서 편안하게 있곤 했다. 한번은, 정말 예기치 않게도, 그 암고양이가 (나는 그것이 암컷이라는 정보를 얻었다) 내 무릎으로 뛰어 올라와 자리를 잡았다. 나는 깜짝 놀랐다. 이런 경험은 처음이었다. 내가 뭘 어쩌겠는가? 나는 그녀를 떨쳐버리는 무례를 저지르고 싶지 않았다. 한 손에는 책, 무릎에는 그녀에게 점령당한 채 꼼작 못하는 내가 한편으로 바보같이 느껴졌다. 고것이 잠에 빠져들어 있는 내내 거의 한 시간 동안이나 나는 꼼짝할 수가 없었다. 다음에 고것이 왔을 때, 나는 다시 그때의 그 안락의자에 앉아서 책을 읽고 있었다. 내가 고것을 집어 들자 즉시 뛰어내려서는 사라져버렸다. 저를 붙잡으려 했던 나를 경멸하듯이 도도하고 여유로운 뒷모습이었다. 그 모습의 의미가 꽤나 자명했다. '당신의 무릎에 올라가고 말고는 내가 결정해. 당신이 내게 무슨 은혜라도 베푸는 양으로 나를 붙잡는데 당신은 내가 누구라고 생각해? 나를 개로 알아?' 라고 말하는 듯했다."

고양이가 사는 법은 무엇일까. 누군가가 제 필요를 충족시켜주고 그것을 빌미로 예속화하려 한다면 고양이는 언제나 그런 의도를 파악하고 종속을 거부한다. 고양이는 저만의 행복을 욕망하는 존재로 종속적 관계를 생래적으로 알지 못한다. 고양이의 행동 패턴은 필연적 구조이다. 스피노자는 "자유는 객관적 필연성과 변증법적 관계를 맺고 있다. 한 사물이 자기 본성의 필연성에 따라 존재하고 움직일 때 그 사물은 자유로우며, 다른 사물에 의해 어떤 특정한 방식으로 존재하고 움직이도록 규정될 때 강제된다고 본다"라고 했다. 고양이의 존재 방식을 인간의 기분에 따라 강제하려 든다면 고양이는 어디론가 사라져버릴 것이다. 내가 마주친 아파트의 고양이들처럼 인간을 슬슬 피해 다닐 것이다. 제 존재 방식을 그대로 받아들이고 사랑을 주면 고양이는 부드러운 털과 욕망하는 생명력으로 인간들의 마음을 사로잡을 것이다.

고양이는 깨어 있는 시간의 절반을 털 고르기로 보낸다고 말할 정도로, 늘 털을 매만진다. 온몸을 골고루 핥고 쓰다듬으며 제 몸을 청결하게 유지하는 것이다. 대소변도 깔끔하게 해결하는데 변을 땅에 묻는 습관이 있다. 화장실 청소만 제대로 해주면 대소변으로 골치 아플 일이 없다는 것이다. 게다가 엔터테이너 요소가 다분하여 노는 모습을 보는 것만으로도 기쁨을 선사한다. 공중으로 무엇이든 높이 치켜 던지면 유선의 궤도를 그리며 그것을 낚아채는 순발력과 땅에 닿을 때는 낙하산보다 가볍게 떨어지고, 꽃밭 그늘의 달콤한 잠에 빠져 있는 안락과 그르릉 소리로 자신의 호불호를 알리고 제 존재를 엄호하는 고양이. 장 그르니에는 자신이 기르던 고양이에 대한 애정을 이렇게 드러낸다. “나는 물루를 사랑한다. 물루는, 내가 잠을 깰 때마다 세계와 나 사이에 다시 살아갈 저 거리감을 없애준다.” 감촉은 현실감을 일깨운다. 뭘 어떻게 해달라고 끊임없이 보채거나 요구하지 않는 별개의 현실감, 고양이는 창밖의 풍경을 즐길 줄도 안다. 높은 곳에 올라가 집안의 움직임을 주시하다 무연히 창밖으로 시선을 돌리며 감상에 드는 것이다. 이도 시들해지면 주인에게 제 체온을 빌려주며 부드러운 감촉을 선사한다.

고양이는 인간에게 제가 줄 수 있는 것을 제공하는 셈이다. 장 그르니에는 그의 유명한 산문집, 『섬』에서 「고양이 물루」라는 제목으로 물루로부터 받은 위안을 기술하였는데, 너는 아무 말도 하지 않지만 나는 네 말을 다 듣는다고 전제를 한 다음 이렇게 얘기를 한다.

"나는 꽃이에요. 저 하늘이에요. 또 저 의자에요. 나는 그 폐허였고 그 바람, 그 열기였어요. 가장한 모습의 나를 알아보시나요? 당신은 자신이 인간이라고 생각하기 때문에 나를 고양이라고 여기는 거예요. 대양 속 소금같이, 나는 내 모든 겉모습 속에 흩어져 있답니다. 당신이 원하신다면 그 모든 겉모습은 저녁의 지친 새들이 둥지에 들듯 제 속으로 돌아올 거예요. 고개를 돌리고 순간을 지워버리세요. 생각의 대상을 갖지 말고 생각해 보세요. 제 어미가 입으로 물어다가 아무도 찾아낼 수 없는 곳으로 데려가듯, 어린 고양이가 제 몸을 맡기듯 당신을 가만히 맡겨보세요."(김화영 역, 『섬』, 민음사)

대양의 소금처럼 흩어져 있는 고양이, 꽃에, 하늘에, 의자에, 그 폐허에, 그 바람에 그 열기 속에 있다면 그것은 고양이의 속성인가. 고양이의 속성은 사계절 중에 봄의 기운에도 서려 있고 인간의 속성과도 상응한다. 인간의 투쟁과 역사 그리고 삶 속, 곳곳에 배태되어 있다. 우선 고양이를 봄에 비유한 시인 이장희의 「봄은 고양이로소이다」도 위의 진술과 같은 발언을 하고 있다.

꽃가루와 같이 부드러운 고양이의 털에
고운 봄의 향기가 어리우도다

금방울과 같이 호동그란 고양이의 눈에
미친 봄의 불길이 흐르도다

고요히 다물은 고양이의 입술에
포근한 봄 졸음이 떠돌아라
날카롭게 쭉 뻗은 고양이의 수염에
푸른 봄의 생기가 뛰놀아라

고양이에 열광하는 집단 무의식

위에서 언급한 지성들만이 아니라 고양이에 매료된 이들은 부지기수다. 특히 서양권역에서 정도가 뚜렷하다. 사람들은 고양이의 행동 양식에서 인간의 원죄가 오버랩되는 것인가. 유사 이래로 인간의 정신은 맹목적 충동과 의지 그리고 선택의 자유 사이에서 갈등을 겪었다. 자연적 촉발인 충동은 신의 의지와 대극 구도였다. 한때 인간들은 이성을 신봉하여 진리를 입증하고 진리의 경지에 도달할 수 있다고 생각했다. 그러나 머잖아 그런 확신은 과신이었다고 자인하기에 이르렀다. 개인적으로 집단적으로 불가항력적 충동을 재확인하는 도리밖에 없다. 충동은 한순간에 의지를 비웃으며 인간의 나약함을 입증시킨다. 인간은 순수 이성이란 걸 비판하기에 이르렀고 부조리할 뿐 아니라 비합리적이며 비논리적이라는 걸 자인하고 비로소 인간 중심의 철학을 논하는 물꼬를 틔웠다.

전례 없는 혼돈과 위기의식 속에서 19세기는 새로운 출구가 필요했고 출구를 찾는 작업이 각계각층에서 활발히 진행되었으며 거의 동시다발적인 개가를 올렸다. 새로운 패러다임을 구축한 사람들과 그들의 출생년도를 간단히 열거해 보면 이러하다. 1809년에 출생한 찰스 다윈, 1821년에 출생한 보들레르, 니체가 1844년, 프로이드가 1856년, 이 장에서 언급이 된 엘리어트가 1888년, 장 그르니에가 1898년에 출생했다. 몇 사람을 예로 삼는 것이 어불성설일 수 있으나 한정된 지면으로 대표성을 부여하는 것이 한 방법이란 생각이 들었다. 인간이 재설정한 자의식은 사회 전반에서 발견되었다.

다윈은 인간이 창조물이 아닌 우연의 산물임을 주장하여 인간을 목적도, 족보도, 계통도 없는 사생아를 만들었다. 보들레르는 그의 문학과 삶으로 자기 파괴를 불사함으로써 오랜 전통적 가치를 부정하였는데 그것을 독자는 신선한 도발로 받아들여 열광하였다. 보들레르는 그의 뮤즈, 잔느를 가리켜서 “수수께끼 같은 눈을 가지고 있고, 정복하려는 욕구와 의지가 강하고, 무관심한 악의가 섞인 고양이와 같은 풍모”를 가졌으며 “아름답고도 사랑스러운” 여인이라고 하였다. 그것은 새로운 미적 기준을 제시하는 것이었다. 상징주의 시집인「악의 꽃」이 현대라는 시대의 서막을 열었다. 니체는 인간의 우주적 본성은 이성이 아니라 동물적 의지라고 천명했고 마침내 신은 죽었다고 선언했다. 가치 전도라는 말을 여러 차례 한 니체는 끊임없이 힘을 추구하는 것만이 행복의 절대 요소이며, 힘을 가진 것은 선, 그렇지 못한 것을 악으로 규정하였는데 이는 그의 핵심 사상이 되었다. 프로이트는 내밀한 영역인 인간 심리에 대해 천착하였으니 인간의 원동력이 리비도, 즉 성적 욕망이라는 새로운 관점을 제시했다. 인간의 근원이 욕망에 있다는 주장이다.

과학의 발전과 때를 같이한 일련의 획기적인 변화는 집단 히스테리가 만연하는 계기를 만들었다. 아무려나 이런 시대적 상황이 파시즘과 나치즘의 성장에 주요한 에너지가 되었고 유대인 학살이라는 사태로 이어진 것은 아닌가. 양차 세계대전이 발발한 20세기, 전대미문의 공포에 경악하여 집단 히스테리 증상이 나타난 이후, 사람들에게 나타난 양상은 다양하고도 심각했다. 고양이와 관련하여 살펴보면 죠지 미케쉬의 자서전은 이러하다.

"나는 이 장을 쓰는 동안 어떤 기억이 나를 몹시도 괴롭혔다. 헝가리 시크로스의 소년 중에 어떤 아이들은 자전거 펌프로 고양이를 죽였다. 그들은 고양이를 잡거나 훔쳐 와서 그것의 아랫도리에 물을 주입하고는 펌프질을 하였다. 그 고양이들은 엄청나게 부풀어 올라 비정상적인 비율이 되다가 마침내 터져버렸다. 고통스럽고도 끔찍한 죽음을 보고 소년들은 즐거워했다. 나는 경악하지 않을 수 없었다. 그런 잔인한 짓거리를 하고 즐겁게 낄낄거리는 현장을 목격한 후, 인간의 포악무도함이 나를 상심하게 만들었다…. 고양이가 이런 취급을 받아도 되는 존재라면 도대체 고양이는 뭐라는 말인가? (…) 이런 경향의 궁극적 현상은 전후에 생긴 일이다. 나치 집단과 학살수용소로부터 해방된 살아 있는 해골들, 쇠약해져서 되갚으려는 충동과 폭력의 모방이 다양하게 나타났다."

참으로 낯설지 않은 진술이다. 이곳 극동에서도 이런 일들이 벌어졌다는 환청이 들리는 듯하다. 의식의 대혁명이 가져온 층위들은 견고해져서 허물 수 없는 아성이 되었다. 무엇보다도 나약한 인간의 입맛에 맞는 시류들, 도도한 새로운 물결 속에서 성장한 사람들, 그리고 내적 갈등에 휘둘렸던 사람들은 (T.S 엘리어트나 장 그르니에, 그리고 이후 세대인 죠지 미케쉬가 아니더라도) 고양이 행태에서 인류의 무의식을 보았을지 모른다. 수천 년간 반복되어온 신과 인간과의 불화와 그로 인한 절망은 첨예해진 지성과 문명의 발달이 궁극적 지향이 아니라는 것이다.

늑대의 변명

이해와 오해

부정확한 이해의 다른 이름이 오해다. 오해하지 않기 위해서는 애써 이해하려고 하지 않거나 판단 중지 혹은 판단 보류가 대안일 수 있다. 오해는 문제의 시작점이기에 그러하다. 무심코 전이되는 사회적 심리에 영향을 받기도 하고 학습되어 비판 없이 받아들이는 경우도 적지 않다. 대상을 자기 관점과 경험에 비추어 축소 또는 왜곡하거나 심지어 사실과는 무관하게 추측하여 규정한다. 인간은 자신이 규정한 모습을 믿는 경향이 강하다. 이는 한계의 문제가 아니라 어떤 의도된 집행이다.

반면에 "너는 도대체 이해가 안 된다"는 말을 하고 있다면, 또는 듣고 있다면 역설적으로 안다는 말이다. 알지 못한다면 할 수 없는 말이다. 따라서 이해하고 있다는 또는 알고 있다는 의미가 성립된다. 그럴지라도 오해는 비일비재하게 일어나며 문학의 질료가 된다. 새로운 해석으로 이해와 오해는 입장이 뒤바뀌는 것인데 <개미와 배짱이>의 새로운 버전이 일례이다. 개미는 부지런의 아이콘이었으나 졸지에 전근대적 가치를 답습하는 지루하고 따분한 캐릭터가 되었다. 반면에 베짱이는 당장의 즐거움을 좇는 안일한 게으름뱅이에서 창조적인 예술가의 특성으로 부상하였다. 사유와 창조는 자유로울 때라야 활성화가 되는 까닭이다. 놀이하는 가운데 활달한 상상력과 창조적 아이디어가 떠오르기 때문에 게으름뱅이 베짱이와 예술가는 대유(代喩) 관계에 놓인다.

인간의 조건은 개인의 선택 사항이 아니다. 주어진 조건을 받아들이는 것 외에는 달리 방법이 없지만, 가상의 공간에서는 자유롭게 생각을 개진할 수 있다. 예술에서 사실주의는 진부한 것으로 간주한다. 사실보다 주관적 관점이 미학적 형식과 이론에 근거하여 완성도를 획득했는가를 중요시한다. 주관성을 중요시하는 자체가 사실과는 무관하다는 전제하에 있다. 실재와 가상의 거리는 심각성을 완화하고 재미라는 요소의 개입이 용이해진다. 상상의 세계는 꿈의 현장이요 자유의 나래다. 꿈과 자유를 향한 개인의 재해석은 표현의 개진으로 조건에 대한 항거다. 그것은 지평의 확장이라거나 다양성의 수렴이라거나 상상력의 확대라는 관점이 부여된다.

늑대 이미지의 변천사

독자적 해석의 미학적 실현이 현대 예술의 근간이 되고 있지만, 사실에 기초한 참다움이 평가 절하되어야 할 이유는 없다. 이미지가 그림자의 다른 이름이라면 이미지를 실체로 규정하는 것은 오류다. 이쯤에서 오류에 휩쓸린, 다시 말해 인간으로부터 가장 오해를 받는 동물에게 관심을 돌려볼까 한다. 인간으로부터 극심한 오해를 받는 동물로는 늑대를 꼽을 수 있다. 늑대는 인간의 어두운 면을 시사하는 동물이다. 우화에 등장하는 늑대는 한결같이 부정적인 역할이 맡겨진다. 늘 비열한 거짓말쟁이요 날강도 같은 남성 캐릭터다. 늑대는 거짓말쟁이와 동의어로 통한다. 한 시인의 시구에서 그 점을 여실히 볼 수 있다. “아이스크림은 도망을 이해할 수 있지/ 동물원을 탈주한 늑대처럼/ 아이스크림은 도주하지/ 아이스크림은 사라지지/ 가령, 날렵한 혓바닥은/ 흔적을 지우면서 헤엄치는 물고기들의 꼬리 같아/ 도망을 이해한다면 당신은 늑대/ 어둠 속에서 두 개의 눈을 밝히겠지/ 늑대들은 새빨간 혓바닥으로 새빨간 거짓말을 하고”(이현승, 「아이스크림과 늑대」 부분). 새빨간 거짓말을 하고 도망간다면 늑대라는 것이다. 늑대는 막무가내 욕망을 실현하려는 나쁜 남자의 표상이다. 일말의 동정의 여지도 없는 짐승이다. 늑대의 울음소리를 하울링이라는 말로 여타 동물의 울음소리와 구별한다. 하울링의 사전적 의미를 찾아보면 "청승맞게 길게 짖는, 으르렁거리는, 쓸쓸하다"는 정서적 느낌까지 아우른다. 이는 또한, 스피커의 음파가 증폭기나 마이크로폰에 영향을 미쳐 특정 진동수의 울림을 낳는 현상을 나타내기도 한다. 어두운 산야를 떠돌며 늘 주린 배를 채울 궁리나 하고 사람들이 기르는 양이나 낚아채려고 호시탐탐 노리는 늑대를 인간은 문제요 악의 본령으로 여긴다.

그러나 늑대는 인간의 아이를 기른 유일한 동물이다. 로마의 건국 신화인 로물루스, 레무스 형제의 이야기는 늑대의 젖을 먹고 자랐다. 실제로 1920년 인도에서 늑대와 함께 자라다 발견된 두 소녀 카마라와 아마라가 있었다. 우리가 흔히 '야생아' 또는 '늑대소년'이라고 부르는 이야기들이 이런 실화를 기반으로 만들어졌다. 그러나 그리스어로 늑대는 lukos로 빛 leukos와 동의어로 사용되었다. 아마도 오역이거나 빛과 늑대와의 연관성이 있어서일 것이다. 이유가 무엇이든 아폴로는 태양의 신이자 늑대의 신으로 여겨졌다(『철학자와 늑대』에서 참조). 그런가 하면 영화 <늑대와 춤을>에서는 늑대가 인간과 춤을 추기도 했던 감성적인 동물임을 알려준다. 잔류병으로 홀로 영지의 변방을 사수하던 군인이 밤이면 모닥불을 피우고 무료함을 달래기 위해 혼자 춤추었다. 그것을 멀찌감치 지켜보던 늑대가 어느 날 다가와 춤추는 남자를 따라서 춤을 추는 것이 아닌가. 종과 종의 단절이 아닌 교감과 어울림이 있는 세계는 『어린 왕자』에 등장하는 여우와 장미의 대화이며 왕자와 뱀, 왕자와 여우의 대화가 가능한 주술적인 세계이다. 그토록 경원시 되는 늑대는 그러나 인간과 어울리고 교감할 수 있는 흔치 않은 동물이다. 상대가 경계를 풀 때까지 기다렸다가 함께 춤을 춤으로써 우호적임을 나타내는 소통할 줄 아는 생명이다. 늑대는 거짓을 모르는 그들만의 세계관으로 지상의 다양성에 기여 한다.

개와 늑대는 종의 기원으로 보면 같은 종족이다. 늑대는 개과(科) 개속(屬)의 포유류로 생김새와 영특한 면모는 유사하지만, 생태적인 면에서는 확연히 다르다. 인간에게 의존하며 기식하는 개와 달리 늑대는 길들어지기를 거부하여 야생으로의 주체적인 행로를 밟는다. 개는 사람의 가장 오래된 친구이자 가장 먼저 가축화된 동물이다. 수렵 채집 활동을 하던 석기시대부터 길들어진 개는 성견이 된 이후에도 정신적 육체적으로 유아 상태에 머물러 있는 유아 증세를 보인다. 공이나 막대 같은 물건을 물어오라고 명령하면 사족을 못 쓰고 쫓아다니며 지칠 줄 모르고 즐거워하는 마법의 세계에서 사는 개와 달리 수단과 목표를 추론하는 데 우월한 늑대는 인간의 감정적 놀이에 뜨악한 반응을 보인다고 한다. 개와 달리 늑대가 단순한 놀이에는 관심을 보이지 않으며 길들어지기를 거부하는 것은 "마법의 세계에서 사는 개들과는 달리 늑대들은 역학적 세계에 살고 있기 때문"이라는 것이다.

야성의 내력

'길들지 않음'은 늑대의 정체성이다. 생명 운용 방식이 외부의 교시를 따르는 데 있지 않고 저만의 질서에 고착한다. 그러나 길들지 않는 정신이 늑대의 전유물만은 아니다. 기성세대의 관습과 권위를 거부했던 사람들. 그들은 길들지 않는 늑대의 정신을 가진 자들이다. 캄캄했던 역사의 문을 연 사람들이고 시대를 몸으로 밀고 항거했던 사람들이다. 어떤 대가를 감내하고서도 돌파하는 불굴의 정신이다. 『철학자와 늑대』의 저자, 마크 놀랜즈는 늑대적 생각을 개진한 사람들을 언급하였는데 니체, 하이데거, 카뮈, 밀란 쿤데라, 리처드 테일러와 같은 사상가들을 열거했다. 어디 철학자들뿐일까. 보들레르나 랭보와 같은 시인들이 있고 똑같은 것을 거부하는 여자들의 패션과 길들지 않음으로써 새롭게 태어나는 예술 작품들이 있다.

늑대는 인간의 교시를 따르지 않는다. 인간을 경외하지도 않는다. 그들이 설령 두려움을 나타내며 몸을 숨길지라도 그것은 조건반사이지 정신의 문제가 아니다. 대등한 또는 다를 뿐이라는 듯 그들의 생태는 사뭇 자존적이다. 그들은 지배자가 아닌 약한 자에게 아량과 보호를 베풀 줄 아는 품성을 소유한 푸른 별의 조연이다. 영국인 션 앨리스의 저서, 『늑대 무리와 함께 산 사나이』(The man who lives with wolves)는 말 그대로 야생 늑대의 무리 속으로 들어가 산 일화로 늑대와 함께한 산 체험기이다. 저자는 늑대 무리들에게 받아들여지기 위해서 늑대의 방식을 따른다. 개나 사육 늑대들에게 접근할 때처럼 위에서 명령하는 우두머리가 아닌 가장 아래 서열이 되어 늑대의 질서 체제에 복종함으로써 무리의 일원으로 마침내 인정을 받았다. 그 과정에서 늑대 무리의 구성과 무리 내의 유대를 갖고 야생에서 살아남기 위해 요구되는 엄격한 서열, 의

사소통 방법 등 늑대의 패턴을 배우며 그들의 규칙에 복종하고 교감을 표명한다. 그러자 늑대들은 남자를 무리의 일원으로 인정하였고 먹여 살렸다. 사냥에는 따라오지 못하게 했지만 어린 늑대들을 돌보게 한다든지 집을 보게 했다. 사냥에 돌아와서는 저자 몫의 날고기를 가져왔는데 저자는 그것을 먹고 인간들과의 접촉 없이 2년간 늑대로 생활했다는 체험담이다.

늑대들은 위계질서를 존중하는 사회적인 동물이다. 그들만의 위계질서에 문명인은 없다. 소위 만물의 영장이라는 인간 세상의 비의를 아는 것일까. 인간을 그저 저들과는 좀 다른 꾀 많은 동물쯤으로 여겨서 인간을 믿느니 차라리 깊은 산과 자연의 질서를 신뢰하는 편이 낫다고 여기는 것일까. 인간의 능력을 뛰어넘을 수는 없지만, 튼튼한 턱의 구강 구조와 시속 64킬로미터로 달리는 두 다리를 신뢰하는 편이 더 낫다고 여기는 것일까. 세상을 복종하고 따라야 할 만큼 선한 동기가 없다는 걸 간파한 걸까. 복종으로 얻어진 식량과 평화를 가소롭게 여기는 것일까. 구걸하느니 강탈하는 것이 늑대다운 선택이라고 여기는 걸까. 그런 선택이 사무치도록 고독하고 때로는 두렵기조차 할지라도 알량한 평화를 거부하는 걸까. 그래서 그렇게나 늑대의 하울링은 처연하고도 고독한 소리일까.

오해의 두건을 벗기다

서울대공원 동물원에서 늑대를 가까이에서 지켜보는 사육사들이 한결같이 하는 말은 늑대가 신사라고 했다. 늑대 암컷은 일 년에 한 번 배란기에 교미를 한다. 늑대는 인간처럼 성 중독이 아니다. 종족 번식이 목적인 수컷은 순위에서 밀리면 기약 없이 기다리며 자제력을 보인다. 그러한 늑대가 여자를 꼬드기는 남자들의 은유로 사용되는 것은 부당하다. 필자가 동물원 관계자에게 “늑대가 평생 한 마리의 암컷만을 사랑하는가?” 하고 물었을 때 답변은 이러했다. “단정 지어 말할 수는 없지만, 늑대의 수컷은 암컷과 함께 새끼를 돌본다”고 했다. 새끼와 암컷이 위험에 처했을 때 목숨 바쳐 싸우고 사냥한 것을 암컷과 새끼에게 먼저 양보한다. 자신은 주위를 살피며 경계를 늦추지 않고 망을 보다가 온 가족이 다 먹고 난 후에야 먹는 충직한 부성애를 보인다. 수컷은 암컷이 먼저 죽으면, 어린 새끼를 홀로 돌보며 가장 높은 곳에서 울며 슬픔을 토한다. 새끼가 성장하면 암컷이 죽었던 곳에 가서 자신도 굶어 죽는다. 늑대는 제일 약한 상대가 아닌 제일 강한 상대를 선택해 사냥하며 인간이 먼저 그들을 괴롭히지 않는 한, 인간을 먼저 공격하지 않는다고 한다.

결국, 인간 중심주의가 늑대를 사악한 동물로 만들었고 생태계의 교란을 초래하였다. 마이애미대학교 철학 교수인 마크 롤랜즈는 "인간의 선입견 너머의 진실을 보기 위해 늑대의 철학을 빌리고 있다. 그로부터 즐거움과 불편함이 하나 될 때 비로소 행복이 완성된다는 야성의 철학을 발견하며, 세상에 길들어진 채 참모습을 잃어버린 사람들 내면에 잠든 야성의 눈을 일깨운다."

이번 글의 제목이 '늑대의 변명'이다. 그러나 "늑대는 변명하지 않는다. 그저 해야 할 일을 하고 결과를 받아들인다." 변명은 늑대의 특징이 아니다. 늑대보다 비도덕적인 인간을 투사한 것이다.

올빼미

저물녘

저녁은 긴 그림자를 앞세우고 온다. 도시의 지붕 위에서 빛과 그림자가 서로에게 스며들어 경계를 허문다. 그림자는 어둠을 몰고 오는 일몰의 진경에 들다 밤의 깊음 속으로 투신한다. 빌딩의 모서리에서 일별하는 저녁노을이 어둠의 전언이었다. 골목에서 놀던 아이들의 목소리가 유난히 크게 들리고 분주한 행인의 발걸음이 골목으로 사라진다.

종종 일몰을 보곤 하지만, 늘 처음인 양 경이로움에 압도된다. 그리하여 해거름엔 깃들 곳을 찾는다. 내쉴 곳이 단칸방일지언정 집으로 향하는 발걸음이 빨라지는 것이다. 그러나 "발밑에서 가랑잎 부서지는 소리가 들린다면… 매운 연기가 차올라" 눈을 뜰 수 없다면, 유리창에 번지는 빛처럼 흔들리는 빗물이라면.

으슬으슬한
저녁답, 가랑잎 부서지는 소리가
자꾸 발밑에서 들렸네

어두워지기 전에 강물은
푸른 회초리처럼 휘어졌다가
흉터 많은 내 이마를 후려치고,
아까보다는 훨씬 더 깊어져
불빛도 안 켜진 사람의 마을 쪽으로
그렁그렁 흘러갔네

—내 눈에는 왜 모래알이
서걱이는지 몰라, 눈을 뜰 때마다
눈 못 뜨게 매운 연기가
어디서 차오르는지 몰라,

잘못 살아왔다고, 너무
아프게 자책하지 말라고

갈 곳 없는 새들은
물에 잠긴 옛집 나무 그림자를 흔들며
석유곤로에 냄비밥을 안치는
獨居의 마음속으로 떼 지어 날아들고

아무것도,
아무것도 보이지 않는 저녁답, 나는
집에 안 가려 떼를 쓰는
새끼염소나 달래면서
— 전동균, 「함어동천에서 오래 서성이다」 전문

저물녘엔 하얀 어둠이 걸어온다. 낮도 밤도 아닌 하얀 어둠이 내리면 잠잠하던 또 하나의 나와 만날 때도 있다. 몰라보고 놓쳐버린 내가 너무나 많다. 언제 왔다가 무엇 때문에 가버렸는지 비망록 한 줄 남기지 않고 가버렸다. 새벽에도 어스름이 찾아오지만, 그때는 나를 만날 수 없다. 점점 밝을 때가 아니라 점점 어두워질 때라야 만날 수 있다. 멀리서 다가오는 이가 누구인지 모른다. 개와 늑대의 시간은 춧농이 녹는 막간이다.

해질녘은 유난히 소리가 크게 들린다. 음악은 몸의 음표를 만들고 리듬을 탄다. 몸의 노래는 그날의 기분에 따라 편곡이 달라진다. 몸은 원시인의 동굴을 기억한다. 아득한 소굴에 몸을 숨겼던 수렵시대의 귀소 본능이 되살아난다. 저녁엔 멀리 갔던 말이 집으로 돌아오고, 집을 떠나 일터로 갔던 가장은 노동을 마무리하며 "흐르는 물에 삽을 씻고 먹을 것이 없는 사람의 마을로 다시 어두워 돌아"간다. 붉게 타는 저녁놀은 볼 때마다 경이롭지만 "벅찬 감동이 사라진 뒤에도 부둥켜안아야 할" 사람에게 가라고 등을 떠민다. 별이 하나, 둘 뜨고 밤하늘 가득 떠서 돌부리를 밝혀 걸음이 재촉한다.

열정이 식은 뒤에도
사랑해야 하는 날들은 있다
벅찬 감동 사라진 뒤에도
부둥켜안고 가야 할 사람이 있다

끓어오르던 체온을 식히며
고요히 눈감기 시작하는 저녁 하늘로
쓸쓸히 날아가는 트럼펫 소리
— 도종환, 「저녁 무렵」 부분

땅거미가 내리면 시각(視覺)은 그리 믿을 만한 것이 못 된다. 시각뿐 아니라 자기 자신도 그리 믿을 것이 못 된다. 보는 것이 둔해지면 귀가 예민해지고 멀리 간 살붙이들의 발소리를 알아듣고 반기는 개의 부지런한 꼬리가 살갑다. 그러나 하루 한낮 동안에도 많은 변화를 겪을 수 있다. 사막의 모래 지형이 몇 차례 바뀔 수 있고 빙하의 빙원 한 귀퉁이가 소실되어 바닷물이 불어났을 수도 있다. 아침에 집을 나갈 때와 저녁에 집으로 돌아올 때 같은 사람이 다른 느낌이라면 몽골리안처럼 허그해 볼 일이다. 들숨에 끼어든 냄새가 불안을 부채질한다면, 끈끈한 연대감의 접착력이 휘발된다면, 익숙한 리듬이 그날따라 지루하다면 도르르 감긴 나비의 촉수를 바라볼 일이다.

낮

낮은 태양의 관할권에 있다. 낮보다 큰 소릿값이 대낮이고 그보다 더 큰 소릿값은 같은 뜻을 겹쳐 강조한 백주대낮이다. 누군가 해가 중천에 떠 있을 시간에 어떤 비행을 저질렀다면, '백주대낮에 그런 짓을…'이란 말이 화살같이 꽂힌다. 험한 사건이 밤에 일어났을 때보다 더욱 큰 충격으로 받아들인다는 뜻이다. 햇빛 아래서는 본연의 모습이 선명하게 드러난다. 아름다움이든 추한 것이든 오류든 온전하든 드러나서 파노라마가 된다. 명배우 알랭 들롱이 열연한 <태양은 가득히>라는 프랑스 영화가 있다. 주인공 알랭 들롱은 일확천금과 신분 상승을 동시에 이루려는 계획을 도모하다 살인을 저지른다. 그는 신분증을 위조하여 죽은 친구 행세를 하며 그의 재산에 손을 대고 호사스러운 생활을 즐긴다. 실종 사건을 수사 중인 경찰을 갖은 방법으로 따돌리려다 추가 범죄를 저지르지만, 여전히 완전 범죄처럼 보인다. 결국엔 수장시킨 시체가 떠오르면서 죄가 드러난다. 태양이 가득해서, 태양의 빛 알갱이들이 천 개와 만 개의 눈으로 번뜩여서 세상을 속일 수가 없다. 요즘 어디에나 설치된 CCTV보다도 햇빛은 전천후 전방위적이다.

태양은 그 자체로서 낱말 없는 경전(經典)이다. 영원히 변하지 않는 경전의 은유이다. 현대인에게 태양은 항상 제자리에 있는, 생명에게 꼭 필요한 그 이상도 이하도 아닌 헬륨 덩어리라고 생각하는 과학적 고찰의 대상일 뿐이다.

짠기를 잃은 잠언들이 바닷가에 모여든다
오랜 세월 기억의 모퉁이
허름한 날들이 보낸 사연들이
햇살 사나운 때를 골라 태양의 경전 속으로 발을 들여놓는다
지상의 한켠이 불의 힘살에 잔뜩 웅크려지고
근시안의 내면이 붉은 설교에 몸을 맡기고 있는
노인은 말이 없다
자신이 걸어온 길이 수차에 둘둘 감기는 걸 무심히 받아낼 뿐
긴 세월 자신의 얼굴을 주름이 밀고 왔던 바다에게도
넋두리 한 방울 흘리지 않는다
오직 비워낼 거라곤 불의 날들 속으로 사라지는 머나먼 습관
누군가는 화석이 될 허망의 환영이라 했다

그럴 때마다 존안에 빠진 구름들
글의 눈빛을 독수리처럼 우묵 파먹곤 사라졌지만
망각이란 바다를 제물로 바치는 낡은 상인들의 규범 같은 것,
그때, 내가 여기에 있는 건 태양의 설교를 지상 한켠
불의 미사로 바꾸는 일
그 망각의 어느 쯤에선 가 몇 방울의 잔해로 드러날
내 안의 불치의 잠언들을 창고 속에 가두는 일
한동안 멈춰있던 바다가 다시금 수차를 돌리기 시작했고
노인 하나 탈고되지 않을 풍경의 바깥으로
천천히 잊혀지고 있었다
— 홍문숙, 「탈고되지 않을 은유」 전문

햇빛 없이는 지구상의 생명체들이 생명을 영위할 수 없다. 몸이 감당할 수 있는 햇빛의 양은 소소하다. 마치 인간의 나약함을 증명하는 것처럼 그러하다. 태양과 대략 1억5천만 킬로미터 떨어져 있음에도 양산으로, 선크림으로, 선글라스로 햇빛을 가린다. 선글라스 쓰고 선크림을 발라서 피부를 보호하지 않으면 햇빛 알레르기

로 온몸이 몇 날 며칠 가려울 수도 있고 눈에 치명적 손상을 입거나 화상을 입을 수 있다. 어느 젊은 여기자가 이른 죽음을 맞게 되었을 때 그녀는 죽어서 좋은 이유, 30여 가지를 목록으로 작성했다. 그중에 잊히지 않는 한 가지는, "이제 선크림을 바르지 않아서 좋다"고 했다. 왜 그 대목에 그토록 감정이입이 되는 걸까. 인간의 약함은 생명을 살게 하는 빛의 선의를 온전히 수용할 수가 없다. 태양의 본질이 인간에겐 버겁다. 인간은 온종일 태양 아래 노출되어 있을 수가 없다. 태양으로부터 달아나고 몸을 숨겨야 보전할 수 있다. "울고 있는 나의 모습 바보 같은 나의 모습 환하게 비추는 태양이 싫어 태양이 싫어 누군가 날 알아보며 왜 우냐고 물어보면 대답을 해줄 수가 없는 게 너무 싫었어. 태양을 피하고 싶어서 아무리 달려 봐도 태양은 계속 내 위에 있고…." 한때 유행했던 가요의 노랫말처럼 숨고 싶어진다.

밤

백주대낮은 무오류, 질서, 진리를 옹호한다. 한낮의 햇빛에 눈이 부셔, 햇빛 피해 다니기에도 지칠 무렵 땅거미 내리고 빛에서 벗어난다. 주의나 주장이 없는 모든 경계를 허무는 어둠이 조용히 내리면 객관적 세계에서 주관적 세계로 전환이 일어난다. 고유한 자기에게로 회귀의 문이 열린다. 낮에게 대여해주었던 제 존재를 되찾아오는 시간이다. 세계적 질서와 공동적 가치 편승했던 자신을 되찾아와서 자기만의 내적 질서를 회복하는 시간이다.

초록이 동색이듯 밤과 어둠이 유유상종일 것이나, 밤과 어둠은 어감에서 분명한 차이가 있다. 어둠(darkness)은 존재를 제약하는 반면에 밤(night)은 포근하게 감싸준다. 밤은 낮에 대응한다. 낮에 쌓인 피로를 밤의 이불로 덮어주어 잠재운다. 어머니의 따뜻한 양수에서 자란 무의식은 밤에 귀의한다. 밤하늘엔 별이 총총 뜨고 사방이 캄캄해지면 별이 가까이 다가온다. 두 귀가 붕새의 날개만치나 자라서 마음을 털어놓기에 좋은 시간이 된다.

별들의 바탕은 어둠이 마땅하다
대낮에는 보이지 않는다
지금 대낮인 사람들은

별들이 보이지 않는다
지금 어둠인 사람들에게만
별들이 보인다
지금 어둠인 사람들만
별들을 낳을 수 있다
지금 대낮인 사람들은 어둡다
— 정진규, 「별」 전문

어두워져야 활기를 띠는 부엉이는 밤의 메신저다. 깃털이 부드러워 소리 없이 나는 이것들은 밤눈이 밝아 밤에 작은 포유동물에게는 저승사자나 다름이 없다. 아무 소리 없이 날아와서 낚아채는 모습은 지혜의 경지에 든 듯 완벽하다. 서정주 시인은 밤의 새들이 은하수에 목이 젖고 제 피에 취해 운다고 했다.

눈물 아롱아롱
피리불고 가신님의 밟으신 길은

진달래 꽃비 오는 서역 삼만 리.
흰 옷깃 여며 여며 가옵신 님의
다시 오지 못하는 파촉巴蜀 삼만 리.

신이나 삼아줄 걸 슬픈 사연의
올올이 아로새긴 육날 메투리.
은장도 푸른 날에 이냥 베혀서
부질없는 이 머리털 엮어 드릴 걸.

초롱에 불빛, 지친 밤하늘
구비 구비 은핫물 목이 젖은 새.
참아 아니 솟는 가락 눈이 감겨서
제 피에 취한 새가 귀촉도 운다.
그대 하늘 끝 호올로 가신님아
— 서정주, 「귀촉도」 전문

올빼미과의 부엉이는 어감이 정답다. 부엉이에 관한 동요를 불러

온 때문일까. "부엉 부엉새가 우는 밤 부엉 춥다고서 우는데…" 추위를 이겨내게 했던 노래, 올빼미류를 동양권에서는 어미를 잡아먹는 불효조로 여겼으나 서구의 우화에서는 지혜로운 새이다. 전설에 따르면 부엉이는 원래 레스보스 섬의 뉘티메네였는데 자신의 아버지와 통정한 죄로 인하여 부엉이가 되었으며 이 사실에 대한 부끄러움으로 낮에는 웅크리고 있다가 밤이 되어야 활동한다는 것이다. 낮이 부끄러운 부엉이가 아테나의 신조(神鳥)가 된 것은 고대 그리스에서 부엉이를 지식의 새로 여겨서만이 아니다. 원래는 까마귀가 신조였는데 아테네의 비밀을 누설한 죄로 신조의 지위를 잃고 대신에 부엉이가 등극했다고 한다.

부끄러움을 아는 것이 지혜일 것인가. 헤겔이 법철학 서문에서 언급한 "미네르바의 부엉이는 황혼이 저물어야 그 날개를 편다"라는 문장은 경구가 되다시피 했다. 태양의 본 모습을 볼 수 있을 때는 한낮이 아니다. 눈이 부셔 볼 수 없는 한낮이 아니라 광채를 벗은 일몰 때인 것처럼, 본질을 볼 수 있을 때도 그러하다. 인간의 삶도 별반 다르지 않으려니 인생의 끝 무렵에야 깨달을 것인가.

사자의 고독

시선

한 장의 사진이 시선을 붙잡는다. 일몰을 배경으로 먼 곳을 바라보는 사자의 모습이 그것이다. 사자가 바라본 그것은 무엇이었을까. 무엇이 그것의 동공을 사로잡았으며 인간은 왜 그것의 눈빛 읽으며 앵글을 들이대는 것일까.

항상 적을 의식하고 살아야 하는 세계는 고독하다. 방심하는 사이 무엇의 표적이 되어 생명을 잃을 위험에 처한 생존 조건은 비명 그 자체가 아닐 수 없다. 그러나 경계에 경계를 더하느라 분주한 대다수의 동물과 달리 사자는 여기 아닌 먼 곳을 응시하는 철학자의 모습을 지녔다. 한낮에 오수를 즐기고 자연을 관조하는 모습은 예기치 않은 일들에 대한 염려에서 벗어난 듯, 상황을 통제할 수 있다는 듯 초연하다.

사자가 카메라 앵글의 피사체로 포착되었을 그때, 사자의 풍성한 갈기가 바람에 흔들렸을 것이고, 황갈색 털 위로 내려앉은 노을이 사자의 동공에서 번지다 스러질 즈음 몸피를 불린 그림자가 몇 겹을 더 껴입으며 고독은 더욱 단단해졌을 것이다. 빛이 스러지고 어둠이 빽빽하게 들어차면 별은 선명해지고 달은 휘적휘적 서쪽으로 발걸음을 재촉할 것이다. 하루가 죽고 다시 태어날 하루를 향해 어둠은 하늘의 문을 열고 열두 개의 별자리와 의논할 것이다. 니체는 짜라투스트라에게 "사자는 짐을 지지 않는다"고 일러주기를 주저하지 않을 것이고 낙타와 사자를 비교하며 "낙타는 제 어미처럼 사람에게 등을 내어주고, 사자는 제 어미처럼 누구에게도 몸을 굽히지 않는다고, 낙타는 채찍을 기억하며 채찍 안에서 자유를 얻고, 사자는 자신에게서 자유를 찾는다고" 말할 것이다. 니체는 사자를 일컬으며 자신의 의지로 자유를 찾는다고 그것이 초월적 의지라고 힘주어 말할 것이다.

낙타는 제 어미의 어미처럼

짐꾼 앞에 무릎 꿇고 등을 주지만

사자는 제 어미의 어미처럼

그 누구에게도 몸을 굽히지 않는다

채찍을 기억하는 낙타는

채찍 안에서 자유를 찾지만

정글을 기억하는 사자는 자신에게서 자유를 찾는다

낙타는 짐꾼을 기억하며 무릎을 꿇고

사자는 초원을 기억하며 무릎을 세운다

사자는 절대로 짐을 지지 않는다

— 이영숙, 「사자는 짐을 지지 않는다」 전문

어둠의 은유

동음이의어는 종종 일란성 쌍둥이로 착각한다. 밤의 이미지와 무관하지 않은 사자, 사자(獅子)와 동음이의어인 저승사자(使者)는 낭설인가 부언인가. 위험이 외부로부터 올 때는 저항할 대상이 선명해진다. 적을 알고 있으니 맞서면 될 일이나 현실은 그렇지 않다. 압제자에 대항할 팔이 짧아 핍박을 대항하는 것은 사실상 요원하며 속수무책이다. 밤은 죽음을 필사하지만 죽음의 저작권은 밤이 아닌 역학적 구도에 놓인 현실이다.

스물넷의 시인 윤동주가 겪은 「무서운 시간(時間)」을 죽음에 관한 연구 보고서는 무엇이라고 귀띔할까. 외부로부터 다가오는 죽음을 예감한 시인은 공포의 1941년 2월을 세상에 알린다.

거 나를 부르는 것이 누구요.

가랑잎 이파리 푸르러 나오는 그늘인데,
나 아직 여기 호흡(呼吸)이 남아 있소.

한 번도 손들어 보지 못한 나를
손들어 표할 하늘도 없는 나를

어디에 내 한 몸 둘 하늘이 있어
나를 부르는 것이오.

일이 마치고 내 죽는 날 아침에는
서럽지도 않은 가랑잎이 떨어질 텐데……

나를 부르지 마오.

저 아름다운 청년을 어찌할거나. 저 아까운 목숨을 어디서 찾을거나. 머리털 하나 바뀌지 않게 그를 데려오려면 어떻게 해야 하나. 이사야, 당신은 죽음이 부끄럽다고 말했지요. 곱절로 공감합니다. 어머니의 죽음이 수치스러워 차마 말할 수 없었던 아이가 바로 이 사람입니다. 바울, 당신은 죽음이 멸망당할 거라고 하였지요. 너무 놀라워 200억 죽음을 일깨워 설문 조사해 보아도 말마다 다르니 이를 어쩝니까! 밑져봐야 본전이라면 당신의 말을 믿는 것이 남는 장사일 것이니 반드시 당신의 말대로 되기를 바랍니다. 요한, 당신은 무덤도 바다도 죽은 자를 내줄 거라고 하셨으니 안타까운 목숨을 꼭 기억해 주시기 바랍니다.

요즘은 물리적 위협보다 자가면역 질환에 의한 죽음이 늘어나는 추세다. 자가면역 질환으로 인한 죽음은 성공률이 높다. 이른 죽음은 자유를 앞세우는 사자(獅子)의 눈빛을 닮았고 사자(使者)는 "죽음에 관한 한 연구"를 들려줄지 모른다. 매일 찾아오는 밤을 카피하는 죽음의 전언은 무엇일까.

유난히 똑딱거리는 시계 소리, 부스럭거림이 확성기로 울리는 듯한 새벽의, 박동치는 심장 소리가 사자의 발자국 같다. 남진우의 시 「새벽 세 시의 사자 한 마리」는 꿈에 쫓기다 본 그것이 죽음의 실루엣을 닮았다. "사나운 사자의 앞발이 내 목줄기를 짓누르는"다고 비명을 지른다. '마리'로 계수되는 동물, 사자(獅子)가 공가의 방식을 따르는 使者로 치환되는 새벽 세 시에 무슨 일이 일어난 것인가.

지금
목마른 사자 한 마리 내 방 문 앞에 와 있다

어둠에 잠긴 사방
시계 똑딱거리는 소리
잠자리에 누운 내 심장에 와 부딪치고
창 가득히 밀려온 밤하늘엔 별 하나 없다

아득히 먼 사막의 길을 걸어 사자 한 마리
내 방 문 앞까지 왔다
내 가슴의 샘에 머리를 처박고
긴 밤 물을 마시기 위해

짧은 잠에서 깨어나 문득 눈을 뜬 깊은 밤
돌아보면 아무도 없는 허허벌판의 텅 빈 방
불어오는 바람에 흩날리는 사자의 갈기가
내 얼굴을 간지럽힌다

타오르는 사자의 커다란 눈이 내 눈에 가득 차고
사나운 사자의 앞발이 내 목줄기를 짓누를 때
천둥처럼 전신에 와 부딪는
시계 똑딱거리는 소리

문을 열고 나가보면 어두운 복도 저편
막 사라지는 사자의 꼬리가 보인다
— 남진우, 「새벽 세 시의 사자 한 마리」 전문

새벽 세 시에 깨어 있다는 것은 몸의 정서에 역행하는 것이다. 우주 섭리에도 역행하도록 추동하는 불안이 주범이 사자(獅子)인가, 사자(使者)인가. 어둑한 생각이 다른 어둠에 쫓길 때 청년 윤동주가 그러했듯이 기록하는 방법이 돌파구가 될 수 있다. 문학은 도끼의 섬광으로 두려움과 절망을 팬다.

죽음의 능력

“문학은 예속을 벗어버리는 역량, 모든 것이 목에 걸린 듯 느껴지는 세계의 억압을 물리치는 힘이 있다. (…) 견딜 수 없는 현실을 넘어 또 다른 세계, 자유의 세계로 이르는 드높은 관찰로 가는 해방의 통로이다”(모리스 블랑쇼, 『문학의 공간』, 93p). 자기 구원의 방식으로의 글쓰기를 비롯한 예술의 일반은 낙타가 사자가 되는 터닝 포인트이다. 한 문장 한 문장이 대일밴드가 되어 상처를 봉합한다. 자기 세계를 드러내고 설득을 위한 논리를 제시하고 공감을 이끌고 이해의 지평을 넓힌다. 그러나 내용이 변변치 않다면 문제를 변주하는 방식을 감행한다. 삶 자체가 미완성이므로 다양한 해석이 가능하여 혁명이 되고 치유가 가능해진다.

“아무것도 명령할 수 없는 문학은 아무것도 아닌 그 자체가 힘이다.” 그러함에도 문학은 자유를 생산한다. 그것은 현존하는 방식을 깨뜨리면서 가능하다. 성공이 아닌 몰락이며 자기 파괴의 방식으로 새로운 방식을 창안한다. 노예가 주인이 되는 지점이며 지불형태는 죽음일 수 있다. “죽을 수 있기 위하여 글을 쓴다 - 글을 쓸 수 있기 위하여 죽는다”(『문학의 공간』, 123p)는 위의 말을, 모리스 블랑쇼는 카프카의 말을 인용했다. 카프카의 문학 정신에 천착한 블랑쇼처럼, 밤이 죽음을 모방하듯 구원을 모방하는 글쓰기에 대해 야누흐는, "사라져 없어질 것을, 고립된 것을, 무한한 삶으로, 우연에 속한 것을 법의 영역으로 끌어올리기 위해서만 글을 쓴다"라고. 그러나 이어지는 질문은 이러하다.

"글쓰기가 악에 속하지 않다는 것이 그토록 확실한가? 글쓰기가 가져다주는 위안은 피해야만 하는 위험스러운 착각은 아닌가?"

민화로 만나는 호랑이

1

무엇을 규정할 때 규정하는 자의 의도가 개입되는 경우가 적지 않다. 대상을 바라보는 시선은 현격한 차이를 드러내기도 한다. 여러 가지 요인에 의해 해석이 달라지는데 공통분모가 많은 경우라면 관찰자의 관점이 아닌 대상의 특질과 개성에서 기인한 것이겠다. 그런데 특질과 개성에서 찾아볼 만한 근거가 모호함에도 특정 이미지로 굳혀진 대상이 적지 않다. 그중 하나가 호랑이일 것이다. 호랑이는 두려운 맹수이지만 우리 민족은 결코 미워할 수 없는 동물로서 묘사하였다. 비록 어리석고 의뭉스러울지라도 간교하지 않은 오히려 우직한 동물로 인식하고 있다.

호랑이의 이미지는 인간의 시선 속에서 다양하게 만들어졌다. 호랑이의 속성과는 상관없는 새로운 대상으로 발명하였다. 신화와 전설, 민화와 설화에서 상반된 여러 모습으로 등장한다. 시선으로 구속하고 정복하여 재구성한 호랑이는 수면인심(獸面人心)으로 풍

자된다. 건국 신화에 등장하는 호랑이는 곰과 대조적으로 참을성이 없어서 인간이 되는 데 실패하였고, 담배를 피우는가 하면 산신령도 되고, 어리석고 욕심 많은 이웃집 할아버지가 되는가 하면 사람의 됨됨이를 알아보는 지혜로운 영물로 묘사되기도 한다.

『삼국사기』의 기록을 보면, <신라본기> 885년(헌강왕) 2월에 호랑이가 궁궐 마당으로까지 뛰어들었다고 한다. 『조선실록』에는 호랑이에 대해 기록된 문건들이 무려 635건이나 기록되어 있다. 내용인즉, 어느 지역에서 호환을 당했으니 호랑이들과 표범들을 잡아 달라는 기록이라고 한다. 우리 조상들이 산중 혹은 인근 마을에서 마주치는 맹수 중 가장 두려워한 존재가 호랑이였다. 무서운 대상이 나를 볼 때 나의 존재가 그것의 시선 속으로 먼저 징발된다. 잡아먹히기도 전에 그것의 번득이는 눈알 속으로 빨려들어 가는 것이다. 거미에게 먹히기 전에 거미줄이 먹이를 녹이듯이.

현대인들은 동물원에 갇힌 호랑이를 구경하거나 미디어나 책을 통해 접할 뿐이다. 동물원 우리에 갇힌 호랑이의 단단한 근육은 우리에 갇혀 있어도 압도한다. 움직일 때마다 씰룩거리는 단단한 근육질의 야수성이 대자연 속에서 활보하지 못하는 것이 안타까우면서도 안심하는 이중 심리가 작동한다.

2

고양이속(屬)의 포유동물인 호랑이는 고양이의 여러 성질과 습관을 지니고 있으며, 동작이 매우 빠르고 매사에 조심성 있게 행동한다. 소리를 내지 않고 다른 야생 동물에 접근하며, 자기 몸이 보이지 않게 걸어가는 동작은 마치 뱀이 땅 위를 기어가는 동작과 비슷하다. 먹이를 찾아서 하루 동안 보통 80~100㎞를 이동하는데 한 번의 도약이 4m에 달하며, 큰 바위나 높은 곳에서 하강할 때에는 10m까지도 뛰어내린다. 헤엄을 잘 치며 산의 급한 경사지나 바위 위를 오르내리고 수직으로 곧게 뻗은 나무가 아닌 경사도가 있는 나무면 자유롭게 기어 올라간다.

해가 진 뒤와 해가 돋기 직전을 제일 좋아하지만, 낮에도 수시로 먹이가 되는 야생 동물을 찾아다닌다. 배가 부르면 온종일 드러누워 낮잠을 자다가 해가 지자마자 활기를 띠고 사냥을 시작한다. 호랑이는 도망가는 야생 동물을 쫓아가서 잡는 일은 거의 없다. 기습 공격이 사냥의 주요 방법이다. 기습 공격에서 실패하면 쫓는 것을 포기하고 다른 먹잇감을 찾는다. 밀림 전체를 굽어볼 수 있는 높은 지대를 선택하고 이동할 때에는 산마루를 좋아하며 때때로 계곡에 하늘을 찌를 듯 높이 솟은 뾰족한 바위 위에서 사냥할 만한 곳을 물색하다가, 사냥감을 포착하면 뱀처럼 미끄러져 내려가서 등 뒤에서 덮친다. 소리 없이 접근하여 도약하면서 넘어뜨린 뒤에 목덜미를 물어뜯는 것이다. 먹잇감이 된 입장에서는 눈 깜짝할 사이여서 속수무책으로 잡아먹히는 것이다. 설령 정면에서 덮치려 하는 것을 보았다 할지라도 호랑이의 호화찬란한 생김새, 번개같이 빛나는 눈, 짐승들이 싫어하는 독특한 냄새로 공포의 아수라로 몰아간다. 먹잇감으로 포착된 동물은 마치 최면에 걸린 듯 옴짝달싹하지 못하는 것이다. 오금이 오그라들어 도망칠 엄두조차 내지 못하게 만드는 것이다.

이런 장면을 목격하게 되면 인간의 피 속에 잠자던 야수성이 꿈틀꿈틀 깨어날 듯하다. 역사의 기록에는 야수성의 유적지가 산재해 있다. 오랫동안 체제를 유지하는 데 주요한 수단이 된 야수성이 약화 되고 권력이 분산된 것은 오래된 일이 아니다. 야수성이 무력화되고 봉쇄당한 것이 호랑이의 멸종 위기와 동물원에 갇힌 시기와 때를 같이 한다고 해도 그다지 틀리지 않을 것이다. 단 하루를 살아도 호랑이의 위용으로 살기를 바란다면 그것이 권력욕과 결부될 것이다. 강하고 날렵한 야수가 느닷없이 뒷덜미를 물어뜯듯이 생사여탈의 권을 휘두르는 위정자의 권위가 공포를 불러일으키던 시절은 어디에나 있었다. 정치적으로 불안정한 과도기에는 맹수를 만나 목숨이 경각에 달린 것에 비견된다. 작금에는 도시인들을 위협하는 맹수들은 자취를 감추었어도 맹수와 같이 호전적인 인간들이 야기하는 심각한 사태들이 세계 곳곳에서 일어나고 있다.

공포가 지배하던 시대를 호랑이에 비유한 시인이 있다. 영국의 시인 블레이크(William Blake, 1757~1827)이다. 그의 삼십 대에 프랑스 시민 혁명이 발발하였다. 빅토르 위고의 소설, 『레미제라블』의 배경이 되었던 때를 블레이크는 야수(호랑이)가 날뛰는 끔찍한 시대로 규정하였다.

호랑이! 호랑이! 활활 불타는
밤의 숲 속에서,
어떤 불사신의 손과 눈이
너의 무서운 균형 잡힌 몸을 만들 수 있었던가?

어떤 먼 바다나 하늘에서
네 두 눈의 불은 타고 있었나?

어떤 날개로 그는 감히 날아오르나?
어떤 손이 감히 그 불을 잡으려 했던가?

그리고 어떤 어깨와 어떤 기술이,
네 심장의 근육을 비틀 수 있었던가?
그리고 너의 가슴이 뛰기 시작했을 때
어떤 무서운 손이? 어떤 무서운 발이?

어떤 망치가? 어떤 사슬이?
어떤 용광로에 너의 두뇌는 있었던가?
어떤 모루가? 어떤 무서운 손아귀가
감히 그 무서운 공포를 잡을 수 있는가?

별들이 그들의 창을 내던지고,
그리고 그들의 눈물로 하늘을 적실 때,
신은 그의 창조물을 보고 미소지었던가?
어린 양을 만든 신이 너를 만들었던가?

호랑이! 호랑이! 활활 불타는
밤의 숲 속에서,
어떤 신의 손과 눈이
너의 무서운 균형 잡힌 몸을 만들 수 있었던가?
— 윌리엄 블레이크, 「호랑이」 전문

블레이크의 시집, 『Songs of Experience』는 프랑스 혁명을 주제로 삼은 시집이다. 절대 왕정 및 귀족과 성직자 등, 특권 계층에 대대적으로 반발했던 시민들은 혁명 정부를 수립하고 입헌 의회를 출범시켰으나 오래가지 못했다. 혁명이야말로 당대의 사명이요 억압당하는 시민들을 구제하는 유일한 방편으로 여겼으나 막상 최고의 수장이 되어 통치하게 되었을 때 시행착오와 수많은 난관에 봉착하여 그들 또한 악습을 되풀이하였다. 사만여 명이나 집단 처형을 하는 등 본래의 취지와는 다르게 공포 정치를 답습하는 잔혹한 과정을 되풀이하여 제2의 혁명이 일어나는 악순환이 반복되었다. 어린 양을 상징하는 『Songs of Innocence』의 완전한 세계를 그리며 약한 존재로서의 어린이의 기쁨에 관심을 기울이고 자연의 아름다움을 노래하던 블레이크는 일련의 사태에 비통했다. 희망이 절망이 되고 절망의 나락에서 그는 악의 상징으로 호랑이를 설정하여 시를 지었다. 『Songs of Experience』가 그것이다. 종교를 비롯한 인간의 모든 제도와 음흉한 사제가 신과 인간 사이를 갈라놓는다고 생각한 그는 호랑이의 특징을 열거하면서 의혹의 눈초리를 거두지 않았다. 사실 무시무시한 맹수들의 습성처럼 인간 역사는 오랫동안 호랑이의 잔혹한 속성을 반영하였다.

3

호환마마라고 두려움의 대상이던 호랑이를 한국인들은 친근한 문화 코드로 바꿔놓았다. 호돌이 호순이의 캐릭터는 88서울올림픽의 마스코트로 사랑을 독차지하였다. 세계 어느 나라에서도 호랑이를 공식 캐릭터로 삼은 예가 없었는데 유독 서울올림픽에서 호랑이가 마스코트가 된 것은 한민족과는 필연적인 데가 있다. 한반도는 국토의 70%가 산으로 이루어져서 일찍이 호랑이가 서식하기에 좋은 지형이었다. 한때 호랑이 나라라고 일컬어질 정도로 호랑이가 많았으며 시베리아 호랑이 중에서도 한국 호랑이, 또는 백

두산 호랑이로 따로 구별하리만치 호랑이의 개체 수가 많았다. 단군 신화와 고구려 고분 벽화 사신도뿐 아니라 선사시대에 그려진 울주군에 있는 반구대의 암각화에도 건재한다.

특히 조선 시대 민화에는 호랑이가 많이 등장한다. 산신령 옆에서 다소곳이 엎드려 자랑스럽게 토치(兎齒)를 드러내고 있는가 하면 다물고 있는 입 가장자리에 감도는 상서로운 기상과 기개를 나타내는 꼬리는 소나무 사이로 길게 뻗어 구름 속까지 닿아 있다. 눈은 왕방울만 하고 파란색 금박으로 눈동자를 박아 신비스러운 빛이 발광한다. 이러한 호랑이의 모습은 위엄이 있으면서도 애교가 있고 신성한 영물로서의 분위기와 함께 친근한 분위기를 자아내는 동시에 선과 정의의 편에 선 인간을 대변한다.

설화를 비롯하여 민화, 조각 등 예술품에 등장하는 희화화된 호랑이는 야수성(남성성)이 된서리를 맞은 현대의 남성들의 변천사를 예고편 같다. 발톱을 깎고 가다듬어야 하는 작금의 남성성은 가상 세계를 사는 것일까. 최상위 먹이사슬로의 위엄은 면도와 이발을 한 희화화된 호랑이가 되었다. 작품 속에 나타나는 호랑이처럼 위엄이 있으면서 애교까지 겸비해야 하는 복잡하고 섬세함을 요구하는 시대로 진입한 것이다. "과거에는 생계를 책임질 능력이 없던 여성들은 자신을 위해 생계를 해결해줄 남자가 나타나면 그가 천박하고 비열하더라도 꾹 참고 받아들일 수밖에 없었다. (…) 이전의 단순했던 행사께나 했던 강인한 이미지의 남성은 새로운 힘의 균형으로 과거에 '여성적인' 것으로 여겨졌던 가치에 주목하는 새로운 남성성을 요구하는 시대"(잭 마이어스, 『남자의 미래』)를 살아갈 준비를 해야 한다. 시대의 요구에 걸맞게 요리하는 남자, 화장하는 남자, 싹싹하고 부드러운 남자가 되는 것을 주저하지 않는다. 아이를 양육하는 데 적극적으로 담당하는 등 그동안 아내들이 했던 일들을 기꺼이 받아들인다. 남성성의 정의를 다시 내려야 할 시대적 요구 앞에 적응하는 것이다. 그렇다 할지라도 현대 남성들은 옛것과 새로운 것 사이에서 남성성에 대한 강한 향수를 가지고 있다. 보디빌딩을 하여 가공할 만큼의 근육을 자랑한다든지 권력을 가짐으로써 남성성의 특징들을 유지하려는 방법들이 잔존한다.

추억은 - 익는다

밤중에 사불산을 오른다

달이 있으나 구름에 가려
계곡은 컴컴하고 길은 희미하다
낙엽 아래 잔돌이 많아
걷기가 쉽지 않고
일행의 전짓불이 길을 비춰준다

추억은 익어서 떨어진다

윤필암 비구니 파란 머리들
인제는 익어서 달이 되어
제 키만한 높이에서 파랗게
구름에 가렸다 나왔다 하고,
달도 구름도 잘 익어서
밝거나 어둡거나 제 모습대로
익어서 모두 흐름 삼매

지나간 시간이여
익어서 떨어져야 보석이니

해골 썰렁한 암자를 지나
조선 소나무 서 있는 정상에 오른다
밤바람은 차고, 먼 외로운 불빛들.
우주를 한마당 노래방으로 만들고
(이런 노래방을 두고 왜 그
컴컴한 구석에서 소리들을 지르는지)
다시 길을 더듬어 내려온다.
이 밤에 산을 내려오니
막무가내로 나는 소리친다
"그놈의 호랑이 묵직하구나!"

즉시 익어버리는 시간도 있느니

나는 호랑이 한 마리를 잡아
짊어지고 내려왔던 것이다.
익은 시간 속의 전설이여
전설 속에 회복되는 시간이여
오, 내 어깨 위의 호랑이여
— 정현종, 「내 어깨 위의 호랑이」 전문

호랑이의 실존은 매혹적이다. 한 번쯤 호랑이의 기세로 살아보고 싶은 마음이 들기도 할 것이다. 자연이 문명화로 되어 본래의 모습이 퇴색했을지라도 피 속에서 잔존 하는 야성이 숨죽이고 있을 따름임으로, 야성에 대한 향수 또한 사라지지 않을 것이다. 문명에 깎이고 닳아 야성은 그리움이 되어 이따금 출몰한다. 그럴 때면 정현종 시인의 시처럼 야간 산행 하산길에서 "그놈의 호랑이 묵직하구나!" 하고 외쳐볼 일이다. 호랑이의 본성을 용납할 현실은 극히 제한적이다. 보존의 차원에서의 용납이다. 그것의 기상과 용맹은 사불산의 어둠에서 익어 전설의 한 페이지를 펼친다. 캄캄한 산길의 작은 부스럭거림이 호랑이를 부르고, 슬며시 휘감기는 두려움에 시간이 익어 전설을 재현한다. 어둠을 오염시키는 불빛이 사라진 캄캄한 산중에 어느새 호랑이가 어깨 위에 올라타고 있다. 그놈의 호랑이 참으로 묵직하구나! 호기를 부려보는 시인의 감성이 현대인의 초상일 듯싶다.

정재분 산문집

푸른 별의 조연들

1판 1쇄 발행	2022년 7월 30일
지은이	정재분
발행인	윤미소
발행처	(주)달아실출판사
책임편집	박제영
디자인	전형근
마케팅	배상휘
법률자문	김용진
주소	강원도 춘천시 춘천로 257, 2층
전화	033-241-7661
팩스	033-241-7662
이메일	dalasilmoongo@naver.com
출판등록	2016년 12월 30일 제494호

ISBN 979-11-91668-46-9 03810